神童勇者的女僕都是（漂亮）大姊姊!?

Genius Hero and Maid Sister.

2

望公太
插畫 ぴょん吉
Presented by Kota Nozomi
Illustration = pyon-Kti

Kadokawa Fantastic Novels

序章

Genius Hero and Maid Sister.2

兩年前——

魔王軍與人類的戰爭漸趨白熱化。

魔王軍在大陸各地極盡凶猛之能，不斷蹂躪人類國家。

對人類來說，沒有任何威脅比擁有強大武力的魔王軍更可怕——但人類也不會乖乖挨打。

各國的精銳都拚死與魔王軍戰鬥。

大陸上最大的國家——羅格納，也傾注所有國力，在討伐魔王軍這件事上出了一份力。

他們派出王家直屬軍隊——「騎士團」固守主要都市，同時派遣一部分精銳部隊前往各地，目標是解放被魔族攻占的地區，以及鎮壓魔王軍的據點。

被人譽為「神童」的少年——席恩．塔雷斯克也是被選上的精銳之一。

當時的他——年僅十歲。

他是史上最年輕就獲得「勇者」稱號的人，同時也是允許使用王國代代相傳的一把聖劍──「梅爾托爾」的天才少年。

他忠實地遵照王室的命令前往戰場，持續立下超出旁人預期的戰果──

「──呃！這……這股力量是怎麼回事……」

那是席恩才剛開始和魔王軍對峙時的事。

當時後世人稱「勇者小隊」的同伴尚未找齊，席恩只和列維烏斯・貝塔・瑟蓋因這名「劍士」一起往返各地戰場。

而且憑他們兩個人，就解放了一個被魔王軍占領的城鎮。

他們打倒盤據城鎮的魔王軍幹部，並救出被當成奴隸關起來的居民們。

當天晚上──

席恩治療完在戰鬥中負傷的列維烏斯後，擔心可能還有來不及逃脫的居民，所以一個人回到城鎮──沒想到竟被一股強大的魔力波動攻擊。

「──哦，真是意想不到。」

城鎮的建築物在剛才和魔族的戰鬥中已經倒塌──有個金髮女孩就站在那堆瓦礫之上。

「沒想到『勇者』居然是個這麼小隻的男孩子。」

一個眼神好戰，而且極具挑釁意味的美女，居高臨下看著他。在月光的照耀下，美女閃耀的金髮就像太陽一樣，既耀眼又美麗。美女的頭上有一對像狗或狼的耳朵，背後則是有一條尾巴，現在正興奮地搖擺著。

「呵呵。小弟弟，你真可愛。好想把你吃掉喔。」

「……………」

席恩不發一語。

別說出聲了，連呼吸都讓他覺得危險。

雖然金髮女孩以極為輕佻的語調攀談——從她的身體發出的魔力卻非比尋常。

面對宛如尖刺的威壓，席恩完全無法動彈。

而且——

（這些人到底是何方神聖……！）

與金髮女孩有同等威儀的人——另外還有三個人。

「呿，看來負責這座城鎮，那個叫做伽巴爾的傢伙實在不中用。居然被這種小鬼打跑了。」

以銳利的眼神睥睨席恩的人，是個有著褐色肌膚和灰色頭髮的美女。

那對尖耳想必是居住在大陸北方的傳奇種族——「精靈」吧。

「菲伊娜、伊布莉絲，妳們可不能以貌取人。」

以冷淡的口吻說話的人，是一名留著豔麗黑髮的美女。她穿著東方風格的衣服，腰上佩

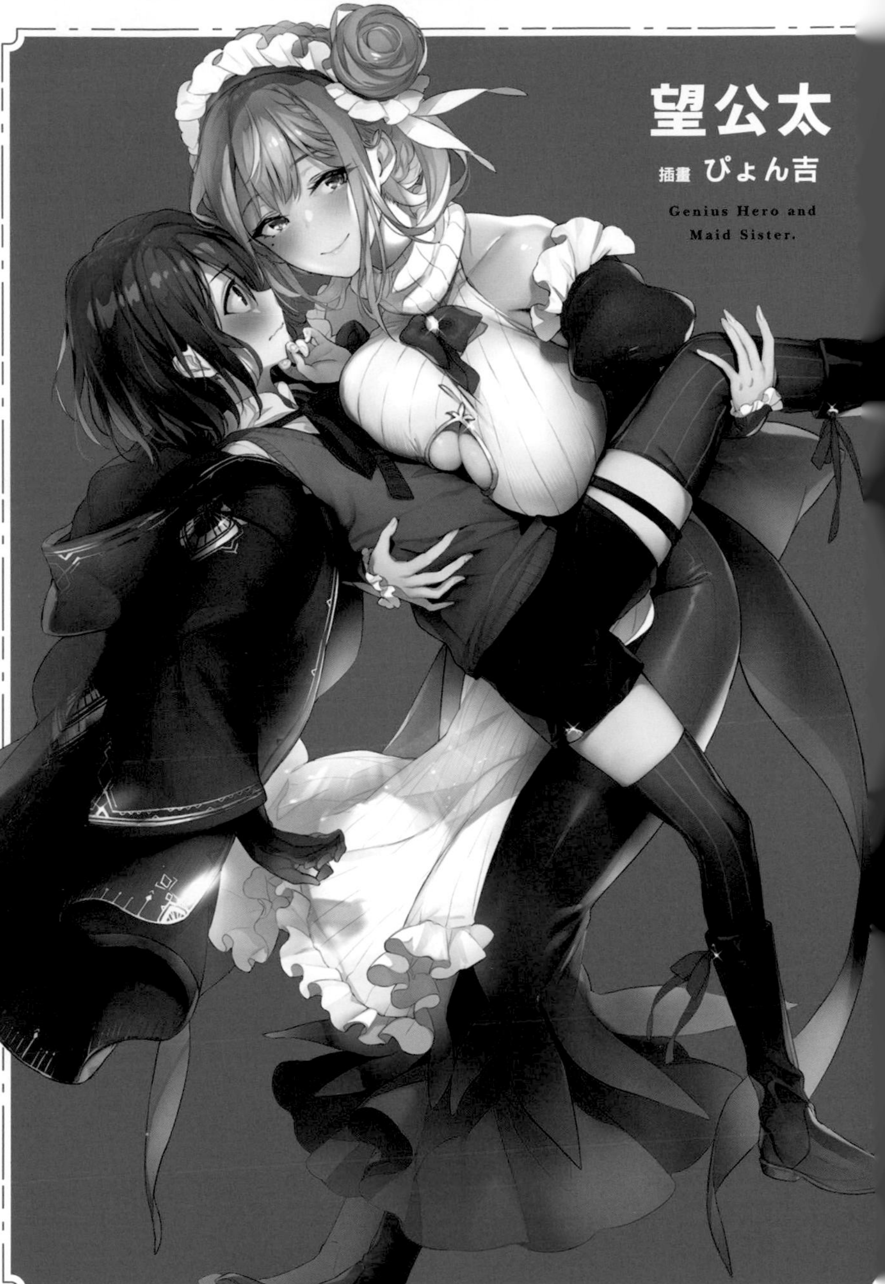

神童勇者的女僕都是漂亮大姊姊!?

Presented by Kota Nozomi
Illustration = pyon-Kti
2

Kadokawa Fantastic Novels

{伊布莉絲陪睡}
「呃……喂，伊布莉絲……」
「……」

「放、放開我……很重耶……」
「……」

{第一次穿女裝}
「啊啊……太……太美了。實在是太棒了……！真……真是寶貴……！」
雅爾榭拉發出深受感動的聲音，當場跪倒在地。
她就像發現自己降生於世的意義，
露出恍惚無比的表情。

「我……我可以遇上
這麼幸福的事情嗎……？
啊啊，就算我在現在這個瞬間死去，
我也沒有任何遺憾了……！」
「……嗚嗚。雅爾榭拉，
我……我還是覺得這樣很難為情……」

凪現在——幾乎是一絲不掛。她只用一條白布遮住胸部和胯下。
纏得像是要把胸部壓扁的「束胸」，還有包覆胯下的「兜襠布」。聽說那是東方式的內衣。

「席恩大人，請您先別動。」
「拜託您了。我很認真。」
「咦……」

CONTENTS

Genius Hero and Maid Sister.2

Presented by Kota Nozomi / Illustration = pyon-Kti

著一把太刀。額頭上兩隻角的根部是黑色，越往尖端就越像鮮血那般赤紅。

「我看過你剛才的戰鬥。儘管現在還很青澀、粗糙……卻隱藏著未知的力量。如果繼續成長，或許假以時日將會是威脅我們的存在……」

她淡淡地說著，並把手伸向太刀的刀柄。

那雙細長的眼眸蘊含著冷冽的殺意。

「在你的才能開花結果前，先趁現在斬草除根吧。」

「──住手，凪。」

這時候──

一道婉約的聲音制止了黑髮美女的行動。

「我們今天應該只是前來探查喲。要是隨便動手，說不定會惹得魔王大人不開心。」

「……妳說得對。」

「呵呵呵。話說回來……真是一個可愛的男孩子呢。」

這名有著妖豔眼神的人，是個氣質豔麗的美女。她的頭上長著一對螺旋彎曲的角，腰間長著漆黑的羽翼。此外──她用一塊黑布遮著她的嘴。

她的身體只用些許的布料包覆，看上去極為火辣，那副煽情的肉體就這麼毫無保留地顯露在外。就連遮掩住的嘴，也在在凸顯她的色與香。

這四名女魔族背對月光站著，顯現出不祥卻美麗的姿態。

面對擁有非人氣息的她們，席恩不禁被震懾。

不對。

或許應該說，他看得入迷了。

這些女人們散發著龐大的魔力與攝人的殺氣，同時表現出無畏他人恥笑的自信，就這麼君臨這個世界——面對眼前這副人類女子無論如何都無法蘊釀出的暴力性、絕對性的美貌，少年不禁喑啞。

「幸會，勇者小弟弟。」

妖豔的美女一邊睥睨席恩，一邊開口說著：

「你不用這麼緊張。我們今天沒有和你動手的意思。」

「……妳們到底是什麼人？」

「我們是『四天女王』。你聽說過這個名號嗎？」

「妳說什麼……！」

席恩聽了驚愕不已。

「四天女王」。

身為一個對抗魔王軍的人，應該沒有人不知道這個惡名。

她們是魔王的親信，也是魔王軍的最高幹部。

（擁有金色體毛的人狼、『闇森精』、東方的鬼。還有魅魔女王……錯不了。）

站在眼前的女人們的特徵和席恩已知的情報完全吻合。

「我叫做雅爾榭拉。負責統帥這三個人，是『四天女王』的首領喲。」

魅魔女王說道：

「小弟弟，你叫什麼名字？」

「……席恩。席恩・塔列斯克。」

「是嗎？真是個好名字。而且……你的眼神實在很不錯。」

雅爾榭拉愉悅地笑道。

隱約從黑布下透出來的紅唇，正勾勒著扭曲的弧線。

「暴露在我們的魔力之下明明心生畏懼，卻絕不萌生逃走的念頭。反而虎視眈眈地——窺探殺死我們的機會。」

「……沒錯。正如妳所說。」

席恩靜靜地點頭，並伸手握住背上的劍。

握住國王陛下親授的「聖劍梅爾托爾」——

「我是——『勇者』。只要是為了保護這個國家的人民，無論敵人多麼邪惡，我也會挺

身而出，並且戰勝他們。不管是魔王，還是『四天女王』……所有威脅人類安寧的存在，我都會打倒！」

席恩以尚且稚嫩的面容發出雄壯的吼聲。

他的眼眸非常純淨，堆滿了正義。

彷彿打從心底堅信，只要打倒所有惡人，世界就會獲得和平。就是那樣無瑕的正義——

「呵呵呵，你真的是個很可愛的小弟弟。」

雅爾榭拉宛如嘲笑少年的天真，這麼說道：

「你不必這麼緊繃。我剛才也說了，我們現在沒有與你為敵的意思。」

說完，她舉起手。

空間頓時產生扭曲。

四名美女就像被黑暗吞噬般，身形逐漸消失。

金髮的人狼笑著對席恩揮手，褐色的闇黑精靈隱忍著打呵欠的衝動，東方的鬼則是冷冷地一瞥席恩，三人就這樣消失在黑暗當中。

接著最後一個人也一樣——

「唔……站、站住！」

「再會了，席恩。」

在被黑暗吞噬的同時，她以耳語般的音量說道：

「我會期待你的發展。繼承『勇者』之名的你，未來會成長到什麼地步……呵呵……哦呵呵……」

她留下一抹蠱惑人心的笑容，消失在時空的縫隙當中。

魔王的親信突然現身，留下令人匪夷所思的言語，接著再度突然消失。

年幼的勇者只是不斷瞪著虛無的天空。

這就是——他們的初次邂逅。

席恩與「四天女王」第一次的相會。

從這一天起，在魔王軍與人類戰爭白熱化之下，席恩與她們好幾次在戰場兵戎相見，也彼此廝殺了無數次。

在走遍大小戰場的過程中，夥伴也隨之增加，以席恩為中心的「勇者小隊」不斷立下驚人的戰果。

在那般嚴峻的戰鬥當中——席恩成長了。

他越戰越勇。

一個年僅十歲的少年，在短短一年不到的戰鬥當中，以令人驚懼的速度持續成長。

然後——來到最終決戰。

席恩的團隊闖進位在魔界的魔王城，與魔王以及「四天女王」展開最後一戰。

一個人、兩個人……在團隊的夥伴一一敗陣下來的過程中，只有席恩一個人持續戰鬥——最後終於擊敗因緣匪淺的「四天女王」。

然而下一秒。

魔王——竟想制裁「四天女王」。

為了對敗給勇者的部下行刑——為了吸收她們的力量，讓自己達到巔峰。

席恩無法饒恕。

他無法饒恕輕易處決自己的同伴的魔王。

所以——他保護了她們。

他保護了幾分鐘前還互相廝殺的敵人。

連席恩也不懂自己當下的情感。

他對魔王義憤填膺——但不只如此。那幾乎是反射動作，就像守護共同戰鬥至今的夥伴，他保護了身為敵人的她們。

那或許是一種名為「牽絆」的關係。

反覆經歷了彷彿看清彼此內心深處的死鬥後，席恩感覺到自己和「四天女王」之間，產生了某種連結。一種超越敵我立場，無法用言語解釋的靈魂連結——

而且……

感受到牽絆的人——不只有席恩一個人。

她們四個人應該也逐漸萌生了同樣的情感。

所以「四天女王」才會在緊要關頭背叛魔王。

在最後關頭投誠，選擇站在勇者那一邊。

席恩剛歷經死鬥，已將體力和魔力用盡，以致被逼到死亡關頭。這時救了他的人——竟是她們這幾個魔王的親信。

後來席恩借助她們的力量，成功打敗魔王。

這就是——最終決戰的真相。

雖然如今世間的說法是，列維烏斯．貝塔．瑟蓋因率領的勇者小隊打敗魔王，真相卻完全不同。

打敗魔王的人是席恩．塔列斯克，以及四名背叛魔王的女人。

魔王死後兩年。

拯救了人類的少年，以及協助他的「四天女王」現在——

「……嗯？」

某天早晨。

席恩總覺睡得不太舒服，於是從睡夢中醒來。

（什麼啊……身體好重……）

他無法自由移動身體。

似乎有某種東西壓著他。

席恩慢慢睜開眼睛，這才終於搞懂「某種東西」的真面目。

「……什！伊、伊布莉絲！」

壓著他的東西，是個有著褐色肌膚的美女。

她是追隨席恩的其中一名女僕——伊布莉絲。

她躺在床上，壓著少年，用長長的手腳纏著對方。

（對……對了。昨天輪到伊布莉絲陪我睡覺……）

輪流陪睡。

因為某些原因，席恩不敢一個人睡覺，所以每晚都和一名女僕同床共枕。

這並不是所謂的侍寢，只是睡在同一張床上而已。

話雖如此——

根據陪睡的女僕不同，偶爾也會有人做些超越陪睡的舉動。

那究竟只是單純的惡作劇？還是真心想誘惑他……年紀尚淺的席恩還不是很清楚。

（為……為什麼伊布莉絲會抱著我啊……？）

如果是雅爾榭拉或菲伊娜，那他不會產生疑惑。畢竟她們常常抱緊自己。可是伊布莉絲並不是個會積極展開肢體接觸的人。

一言以蔽之，她這個人就是懶惰，而且總是沒什麼精神。

陪睡的時候也是，晚上會自顧自地睡，早上直到席恩叫她之前，她都不會醒。這才是平常的她，但——

「呃……喂，伊布莉絲……」

「…………」

「放、放開我……很重耶……」

「…………」

「……伊布莉絲？」

「呼嚕……呼嚕……」

這時席恩聽見睡得香甜的鼻息。

（難道這傢伙……還沒醒嗎！）

看來她只是睡昏了頭，所以才抱著席恩。

席恩眼前是一副安穩的睡容。表情雖然祥和，睡相卻差到極點，手腳還越纏越緊。

大大的胸部都壓得已經變形，大腿也逐漸入侵席恩的雙腿之間——

「～～唔！伊、伊布莉絲！快起床！」

「……嗯～？啊……少爺。你早啊……」

「不用問早了！馬上給我起床！快放開我，起來！」

「嗚……啊……對不起，好像沒辦法。」

「沒辦法是什麼意思啊！」

「沒有啦，我真的……真的不行……請再讓我睡一下。再五分鐘就好……」

「妳每次都這麼說，結果根本不會五分鐘就醒來！嗚哇……快、快住手！不要摟著我！不、不要把手伸進衣服裡！」

「啊～天啊……這個抱枕抱起來超舒服～」

伊布莉絲似乎還沒睡醒，她一邊以含糊的聲音說著，一邊就像一隻軟體動物般，不斷纏繞席恩的身體。或許是人的體溫很舒適吧，她將手伸入席恩的衣服中，撫摸著席恩的胸與背。

席恩感受到指尖劃過肌膚的感覺，背脊不禁發出一股酥癢感。

「快、快住手……我可不是枕頭……嗚嗚……」

一股女性身體的觸感纏住席恩的手腳和身體，讓他全身僵硬，無法動彈——就在這個時候。

房間的房門傳出「叩叩」的敲門聲。

「打擾了。席恩大人，早餐已經準備——」

打開房門的人是雅爾榭拉。

她一瞧見交纏在床上的席恩和伊布莉絲，那張文雅的笑容瞬間凍結。

「妳、妳在做什麼呀，伊布莉絲！妳怎能……緊抱著席恩大人，撫摸他的肌膚，還纏著他的腳，居然做出如此令人欽羨——咳咳！居然做出如此不檢點的行徑！」

「……啊～什麼啦，妳很吵耶……我現在很睏……」

「要睡妳自己睡！好了，現在馬上放開席恩大人！」

「嗚……不要，這是我的枕頭！」

即使雅爾榭拉手忙腳亂地試著把席恩拉開，還沒睡醒的伊布莉絲卻死也不放手。別說放手了，她甚至抱得更緊了。

（嗚……嗚哇……嗚哇啊……）

席恩受到雙方拉扯，加上身體各處不時會碰到她們的胸部，讓他一時之間不知該如何是好——這時候，新的追擊造訪。

「欸欸，小席大人，你在幹麼？我想快點吃早——」

「妳們幾個，到底在主公的臥房吵什麼吵——」

菲伊娜和凪聽見爭吵聲來到房間，一看到席恩等人吵成一團，身體雙雙凍結。

菲伊娜露出不滿的表情，凪則是滿臉通紅。

「唔！妳們兩個，怎麼把我放在一邊，自己玩得這麼開心啊！」

「妳、妳們兩個人……怎能對主公做出如此不知羞恥的事……！」

較晚來的兩個人加入戰局，寢室頓時一陣混亂。

「哎喲，妳們幾個人都快點給我放開席恩大人！」

「雅爾榭拉妳自己先放手不就行了嗎！」

「……啊～搞什麼啦……不要跟我搶枕頭……」

「伊布莉絲！妳到底想睡到什麼時候！」

四名女僕們一邊大聲宣示主權，一邊各自纏住席恩的四肢，還不斷將身體湊上來。

「……妳、妳們幾個……」

席恩被女僕們包圍，身體無法動彈，憤怒和羞恥因此到達臨界點，他的身體開始發出顫抖。

「妳們玩弄我……也該有個限度啊啊啊——！」

這道發自靈魂的吶喊，在早晨響徹整間宅邸。

魔王死後經過兩年。

有名神童為了世界而戰，對人類的付出比任何人還多，但他的功績卻全數遭到剝奪。

他受到魔王詛咒，被人忌諱，被人輕視，被人鄙視，被人迫害，最後被迫在邊境森林過著隱居生活。

此外——

在最後關頭背叛魔王，歸順勇者的「四天女王」，她們也失去了在魔界的地位和容身之處。

神童勇者與「四天女王」。

他們剛開始是敵人。

他們彼此廝殺了無數次。

然而最後——卻共同奮戰。

他們的關係絕非三言兩語可以闡明，幾經曲折後，現在成了主人和女僕的關係。

說是這麼說，卻也並非普通的關係。

他們充其量只是一個既無權威、也無領土的主人，以及沒受過正規教育的女僕們，雙方共同譜出的扮家家酒主從關係。

席恩等人在迫害不斷的世界當中遭到驅趕，掩人耳目地悄悄過活——但不知道為什麼，他們每天卻活得很幸福。

「哎呀，小席大人，你怎麼啦？」

現在時間是午餐之前——

當席恩走在晴朗的藍天下，正好遇上抱著洗衣籃的菲伊娜。

「你平常這個時間明明都窩在書庫或書房啊。」

「……我才不是窩著。我那是很認真在工作。」

席恩的工作是撰寫魔術教科書。

「魔術」是一種被選上的人經過長久修練，所學習到的一種特殊技術——而席恩的目標就是確立體系，將魔術化為更普通的泛用技術，讓世界變得比現在更富足。

「我寫到一個段落了，所以出來散步，喘口氣。」

「哦，原來是這樣啊。」

「菲伊娜，妳現在要去洗衣服嗎？」

席恩看著洗衣籃說道。

「嗯。因為今天輪到我洗衣服。而且今天量還很多……」

基本上，女僕們做家事採用輪流制。

輪到洗衣服的人，要拿著衣物和床單前往宅邸後面。利用水屬性的魔道具製造熱水，然後浸泡要洗的東西。踩一踩衣物，把髒汙踩出，再一件一件晾在庭院當中架設的繩子上，這樣就算大功告成了。

「還真是辛苦……好，我也來幫妳。」

「咦？小席大人要幫忙？」

「嗯。」

「不……不行不行！我很高興你有這份心，可是我不能讓主人幫忙洗滌啦。要是被雅爾榭拉知道，不知道她又會怎麼說我。」

「是我自己說想做的。這沒有任何問題吧？」

「呃……可是，該怎麼說……」

菲伊娜剛開始還一副有所顧慮的樣子，但現在卻逐漸露出瞧不起人的表情。

「小席大人……你會洗衣服嗎？」

「什麼？」

「我有種所有家事你都做不來的感覺。」

「什……妳、妳少瞧不起人！洗衣服這種小事，我當然會！」

「咦～真的嗎～？如果是魔術或戰鬥方面的事，你的確會發揮驚人的才能，可是你實在有點缺乏普通常識。感覺生活能力很低。」

「……才不會。我在孤兒院的時候，也洗過大家的衣物。只要我有心，不管什麼事情，我都能一個人辦到。」

「是喔。可是光說不練，大家都會嘛。」

席恩聽見這句壓根不相信他的言語，面露不悅。

「……既然妳這麼說，我就讓妳看看證據。把東西給我。」

「不不不，還是不要了。我不能讓我們敬愛的主人幫忙做家事～而且老實說，隨便讓做不到的人幫忙，也只是在幫倒忙。」

「唔……既然這樣，全都讓我來洗！妳不必幫我！洗衣服這種小事，我一個人也做得到！」

「……真的嗎？我真的不用幫？我勸你還是打消念頭吧。」

「少囉嗦，給我。」

「就算你等一下說你辦不到，我也不會幫你喲。」

「我知道。我會負起責任，全部洗完。」

「好～我知道了。那就麻煩你了～」

菲伊娜將抱在懷裡的洗衣籃交給意氣用事的席恩。

「哼，看著吧。這點小事，看我全部洗得乾乾淨——呃！」

席恩原本志得意滿地說著，卻在看見籃內的衣物後，發出一陣驚愕。

籃內的衣物——是內衣。

而且還是女用的內衣。

籃內裝滿了大量色彩繽紛的內衣褲。

「這……這……這是什麼啊！」

「你還問，是髒衣服啊。我們女僕穿過的內衣褲也是不折不扣的髒衣服啊，小席大人。」

相對於反射性將視線從大量的內衣褲上移開，面紅耳赤的席恩，菲伊娜卻是露出不懷好意的笑容。

「開……開什麼玩笑！這種東西，我怎麼能洗——」

「哎呀哎呀？小席大人，你要放棄了？你剛才明明還誇下海口耶。」

正當席恩要把洗衣籃還給菲伊娜，她卻露骨地開始挑撥。

「我明明就勸你打消念頭了。為了你好，我明明阻止過好幾次了。可是因為你說你要洗，我才會相信你，拜託你做這件工作耶。」

「嗚……」

「小席大人，你也說了吧？你說你會負起責任，全部洗完。我想，我尊敬的偉大主人，應該不會這麼簡單就收回自己說過的話吧？」

「嗚嗚……」

見菲伊娜打從心底看好戲般地煽風點火，席恩完全無話可說。

（可惡……！被擺了一道！）

她剛才之所以採取那麼強烈的挑釁態度，就是為了製造現在這個騎虎難下的狀況吧。以結果而言，席恩完全中了她的伎倆。

可是就算席恩發現了，事到如今也無計可施。

「小席大人，快呀快呀。請你快點洗嘛，洗我們的內衣褲。洗那些已經被我們穿過，沾了滿滿髒汙還有汗水的內、衣、褲。」

「……唔！」

「當然啦，你可要一件一件小心地手洗喲。因為內衣褲很脆弱。」

「妳、妳說手洗……！」

居然要用手小心清洗女僕們穿了一天的內衣褲。光是想像那幅光景，席恩的腦袋就因為屈辱和羞恥快發瘋了。

「嗚……嗚嗚……好、好吧。洗就洗！」

席恩已無台階可下，只好覺悟，點頭答應。

他再次看向不敢正視的洗衣籃。

籃內有許多種類不同的女用內衣褲。

有可愛裝飾的樣式。以黑色為基調的成熟設計。重視機能的樣式。讓人不禁想吐槽為什麼那裡會有破洞的樣式——

（……原來種類有這麼多啊。）

這是席恩第一次這麼近距離盯著女用內衣褲看，不禁以求知的好奇心凝視——

「嗚哇～小席大人超認真地盯著我們的內衣。好下流～」

「什……才、才不是！我才沒有認真地看！」

「呵呵，機會難得，你要不要摸一件走？我會幫你向大家保密。」

「不需要！」

（可惡，不行。再這樣下去，我永遠都會被她玩弄……）

趕快洗完這些東西吧。

不要想太多，迅速洗完就對了。

也只有這麼做，才能脫離現狀了。

（只能洗了……！）

但即使席恩重新下定決心，定睛看向洗衣籃，要碰觸已經用過的女用內衣，還是讓他有些猶豫。

（該怎麼辦——嗯？）

這時候，席恩在眾多內衣褲中發現了某樣東西。

那是一條純白的布匹。

有一條再簡單不過的純白布匹混在色彩繽紛的內衣褲中。

（什麼嘛，這不是有內衣以外的東西嗎？）

席恩安心地吐出一口氣，拿起那條白布。

「好，我就先洗這條床單吧。」

「床單……？不，那個是——」

「——妳這個愚蠢之徒！」

「咚」的一聲。

現場傳出一道沉悶的聲音。

那是太刀的刀鞘劈頭砍在本想說些什麼的菲伊娜頭上的聲音。菲伊娜發出「唔嘰」這種稀奇的慘叫後，痛得蹲在地上。她的背後就站著表情宛如厲鬼的凪。

「痛死了……妳……妳幹麼啦，凪？」

「我想說這裡怎麼這麼吵，就過來看看……沒想到正好撞見主公承受如此屈辱……」

相對於菲伊娜淚眼控訴，凪卻是怒不可遏。

她一邊散發出足以讓黑髮飄動的怒氣，一邊因羞恥漲紅了整張臉。

「妳、妳居然叫主公洗我們的內衣褲……！妳……妳的腦子裡到底在想些什麼啊！不知羞恥！」

「……咧！我又沒有做錯！是小席大人自己說要洗的！」

「哼，主公哪會說他要親自洗內衣褲。一定是妳用花言巧語誆騙主公吧？」

「嗚……」

菲伊娜完全無法回嘴。

凪無奈地嘆了一口氣後，往席恩身邊走去。

「主公，您還好嗎？」

「沒……沒事。」

「稍後我會好好教訓菲──噫！」

話才說到一半，凪就發出驚愕的聲調。

她的視線正對著席恩手上抓著的那條白布。

「主、主主、主公……那那、那個是……！」

「嗯？這條床單怎麼了嗎？」

席恩歪著頭，攤開手上那條白布。

「嗯……這條床單怎麼這樣？這麼細，這麼長……」

「啊啊！不、不行……那個……請、請您不要攤開！」

凪的整張臉都紅透，態度非常慌張。

但席恩依舊搞不清楚狀況，愣在原地。

「小席大人，那個不是床單啦。」

依舊揉著頭的菲伊娜若無其事地說道。

「不是床單？那這條細長的布是什麼？」

「兜檔布。」

菲伊娜直截了當地說。

「兜……兜檔布……？」

「對，兜檔布。」

「我記得……那是東方的內衣？」

「對，沒錯。」

「換句話說……代、代表這是——」
「嗯，那是凪平常穿在身上的兜檔布。」
菲伊娜不拖泥帶水地點著頭。
席恩反射性看向凪，她正羞愧地用雙手遮著臉。
「……嗚……嗚哇啊啊！」
明白自己手中握著什麼物品後，席恩退避三舍般地放手。
那條白色細長的布——兜檔布，就這麼落在洗衣籃裡。
「對……對不起，凪！我……我什麼都不懂……」
「沒……沒關係！請您不要道歉！屬下非常清楚您沒有惡意！」
「可……可是……我大剌剌地抓住女性使用的內衣……而且還那麼沒神經地大大攤開……」
「～～唔！請……請您不要特地說出來！」
凪的臉紅得極為不真實。
「……屬……屬下平時都很小心保持身體清潔……可……可是還是有一定會弄髒的地方。讓主公接觸到骯髒的東西……屬下真的非常抱歉……」
「妳……妳不要道歉，凪！放、放心吧！一點也不髒喔！我覺得很乾淨。而且好像有股

很好聞的味道……」

「味、味道！」

「啊啊！不、不是不是！我沒有主動去聞喔！是味道自己飄出來……」

「自、自己飄出來！」

「啊啊，真是的！我都說不是……妳誤會了啦，不是這樣……」

見凪就快哭出來了，席恩不禁亂了陣腳。

這時候菲伊娜開口：

「這當然很乾淨，而且有香味啊。因為剛好晾乾了嘛。」

聽她這麼說，席恩整個人愣在原地。

「什麼……？那些不是接下來要洗的內衣嗎？」

「不是。那些是晾乾後，我要收進去的東西。我說那是穿過的……嗯，就是小小的謊言啦。欸嘿。」

菲伊娜一點也不覺內疚，頑皮地笑著。

「「…………」」

席恩和凪一句話都說不出口，深深吐出一股安心和疲憊的嘆息。

午餐過後，席恩再度回到宅邸的書庫。

「少爺，你真的是一有時間，就窩在書庫裡耶。」

伊布莉絲一邊絲疲倦地嘆了口氣，一邊把拿過來的書放在工作桌上空著的地方。

席恩常常窩在書庫之中，這時候通常都是伊布莉絲在幫他的忙。因為如果交付一個人就能完成的工作，伊布莉絲便會立刻偷懶。為了監視她，席恩才把她放在自己身邊。

「你的工作不是告一個段落了嗎？」

「書寫工作是告一個段落了。現在是基於興趣而做的魔術研究。」

「……嗚哇，出現了。繭居火力全開發言。你要不要另外找點更快樂的興趣啊？」

「妳好煩。不要管我啦。」

席恩不悅地回嘴後，只見伊布莉絲沒轍似地聳了聳肩。

「不過這也不完全算是興趣。我研究魔術，也是為了解開我身上的詛咒……是為了找出解咒的辦法。」

席恩說著，舉起自己的右手。

在那副黑色手套之下的手，刻著一枚不祥的咒印。

兩年前——席恩用那隻手殺死魔王，因而受到詛咒。

吸精。

能量掠奪。

光是站在那裡，席恩就會侵蝕周遭的生命。

席恩原本應該是打倒魔王的英雄，是將會永遠馳名於大陸全土的人。然而卻因為這個詛咒的關係，害得他被迫過著隱居生活。

他雖能以自己的意志和封印術式，多少弱化詛咒的效力，卻無法完全消除。

就連現在這一瞬間，詛咒就像基礎代謝一樣，持續發動著。

雖然對已經締結眷屬契約的女僕們無效，但無關席恩的意志，若是現場存有她們以外的生命，就會受到詛咒掠奪。

「詛咒……可是少爺，這件事……」

「是啊，沒錯。這兩年我一路研究到今天……卻可以說完全沒有進展。別說解咒的線索了，就連這個詛咒本身是什麼都不知道。」

總是常態性，而且持續性地吸取他人的生命。

就算席恩在魔術這方面能發揮天才般的才華，就算他幾乎讀遍王立圖書館的藏書，還是沒聽過有這種詛咒。

「就連這副手套也是，頂多只算一種安慰。」

盯著右手的那雙眼眸，透露著悲痛的色彩。

席恩平常戴在手上的黑色手套，是他自己開發的封印道具。遠看可能看不出來，其實那張黑色布匹上用黑線繡著複雜的魔法陣。

尚未掌握詛咒的全貌就施術，封印術式的效果自然薄弱，但還是總比不做的好。

「既然少爺都搞不懂了，等於全人類也摸不透吧？」

「我是沒有狂妄到這種地步……不過也對。至少這不是普通魔術師應付得來的東西──不對，應該說，這玩意兒已經脫離魔術的領域了。」

席恩拿起桌上的紙張，開始動筆。

他畫出來的東西，是那一枚刻在右手上的咒印。

看似利爪或尖牙的不祥紋章──

「魔術的基礎是一個『圓』。由於魔力是一種不穩定的能量，所以我們要利用『術式』下達命令，然後再用『圓』圍起來，框住。藉由限定空間來完成『魔法陣』，這股力量就會成為『魔術』，顯現於世。這就是所有魔術的基礎。」

「啊……好像是吧。我是不太懂。」

「因為你們魔族憑本能就能使用魔術了嘛。人類如果不從頭開始理解，就無法使用魔術。」

追根究柢，魔術據說一開始就是魔族的技法。

是人類的魔術師們分析它的原理，確立了體系。他們以知識和理性學習魔族憑本能就會使用的魔術，發展至今才成為一門技術。

「魔法陣——以『魔』力賦予『法』的『陣』型，就是所有魔術的根基。魔術需以魔法陣發動，而且魔法陣一定會以一個『圓』作結。沒有『圓』起到隔絕和循環的作用，魔術就不可能成立。」

以「圓」隔絕世界，做出一個限定空間，在內部給予命令式，讓能量循環、增幅。

經過這一連串手續，魔術才會成立。

「簡單地說，所謂的魔術，就是反抗神明創造的這個世界——唯有在『圓』創造出的限定時空當中，才能逃離神明的支配，贏得自由的一種法術。」

將神明帶來的秩序，暫時拉回失序的混沌當中。

只在限定的時空中，表面裝作遵從神明的支配，背地裡卻吐舌嘲笑。

這就是所謂的魔術——

「正因為如此——才更不可能。這個沒有用圓鎖住的刻印，不可能具有任何效力。」

古今東西，凡是運用魔術的魔法陣或刻印，一定會用圓圈住。圓這個圖形在魔術當中，具有非常重要的意義。

然而。

刻在右手的這一枚咒印，卻不見任何圓形。

而是一枚宛如銳利爪牙狂暴撕裂某種東西，不祥又令人心痛的刻印。

那東西給人的感覺，並非是想暫時逃離神明的支配，簡直就像企圖從根基破壞神明的支配一樣。

並非吐舌嘲笑，而是露出尖牙，彷彿要將人啃噬殆盡——

「簡單地說……就是莫名其妙吧。」

席恩一臉苦澀地點頭同意伊布莉絲歸結出的結論。

「我並沒有放棄……可是就算我埋頭鑽研，這也不是說解決就能解決的東西。所以我現在完全看心情，調查各種手邊有的文獻和歷史。頂多就把這件事當興趣。」

「興趣，是嗎？也好，用你這樣輕鬆的心態來面對，搞不好會突然蹦出什麼好主意來。」

「大概就是這樣。」

拚死瘋狂地持續研究，視野極有可能會在不知不覺間縮小。席恩覺得，面對這個現今魔術體系無法探究的咒印——若想搞懂它，就必須有不被既定概念綁死的新點子。

「我原本想說，可能會發現新的著眼點，所以不限封印術和解咒法，做了其他許多調查……可是事情卻沒那麼順利。」

「新的著眼點……既然這樣，少爺。你去問凪不就好了嗎？」

「問凪？」

「她不是出身東方嗎？你以前不是說過，那邊的人用的技術跟魔術似是而非嗎？」

「…………」

聽見這個彷彿信手拈來的提案，席恩瞪大了雙眼。

「真……真讓人驚訝。伊布莉絲……沒想到這麼具有前景的點子，居然會從妳的嘴裡說出來。」

「……奇怪？少爺你現在是瞧不起我？」

席恩不顧感到有些心寒的伊布莉絲，逕自沉思。

「這可能真的是我的盲點……原來如此，東方的術啊？」

席恩實在坐立難安，急急忙忙開始尋找凪。

他在宅邸內走動，正好在走廊看見雅爾榭拉。她身為女僕長，隨時掌握了其他女僕們的動向。

「雅爾榭拉，妳在這裡正好。我在找瓜——」

席恩話說到一半，便戛然而止。

因為站在窗邊的她——一臉嚴峻。

她單手壓著眉間，露出宛如忍著疼痛的表情。

「……咦？啊，席恩大人……」

當她發現席恩，立刻匆忙地端正站姿。

「對不起，我剛才稍微發呆了一會兒。」

「雅爾榭拉，妳還好吧？」

「我沒事。倒是您，有什麼事嗎？」

「是啊……嗯。其實我在找瓜。」

席恩簡單說明他想問問東方的術的原由。

「原來如此。是這樣啊。您找瓜的話，她今天出去打獵了。我想她應該往平常那座湖泊去了。」

「這樣啊。謝謝妳，雅爾榭拉。」

席恩道謝之後，邁步向前，卻又在半路回頭，然後——

「如果妳的身體不舒服，不用勉強做事真的沒關係喔。」

說出這句叮囑。

「……感謝您的體貼。」

雅爾榭拉開心展顏，恭敬地點頭致意。

餐桌上的肉和魚，基本上都會在鎮上的市場採買，但偶爾也會是女僕們自行獵捕來的。

宅邸周圍的森林是一片盤踞在山麓的巨大森林。

只要往內部走一小段距離，就有野生動物棲息，甚至有捕得到魚的河川和湖泊。

此外，野生動物不會靠近宅邸。想必是以野生本能感覺到能量掠奪的威力了吧。

因此想當然耳，宅邸從未出現過一隻老鼠。

但這件事到底是幸或不幸？這點實在無從判斷。

「呼……是在這附近嗎？」

席恩穿過眾多林木之間，來到空曠的場所。

那是一座小小的湖泊。

是河川從山上流經這個中途點，形成的一個積水處。稱作湖泊或許稍嫌不足，稱作池塘又顯得太大，但那清澈的流水又不適合稱作沼澤。

（凪平時應該都是在這裡捕魚才對……）

席恩一邊走，一邊環伺周圍。

這時候，他在湖畔發現了某樣東西。

（是凪的刀……）

放在湖畔的東西，是凪貼身攜帶的刀。

那是東方風格的太刀，跟大陸生產的刀劍有著根本上的不同。

刀子收在刀鞘內，直立靠在岩石旁，就這麼放置著。

下一秒，席恩看見放在刀子旁邊的東西——不禁瞪大了雙眼。

「這……這個是……」

放在岩石上的東西——是凪的衣服。

全摺得好好的，放在那裡。

那是東方特有的衣服，似乎叫做和服。凪平常都把祖國的衣服和大陸的女僕服合在一起穿。

放在湖畔的和服以及愛刀。

當席恩察覺箇中理由——已經太遲了。

「啪唰」一聲。

隨著水花飛濺，一名女性也浮上水面。

那是凪。

她把又長又亮的黑髮綁成一束。手裡拿著木製的魚叉。大概是用掉在森林裡的木頭自製的吧。尖端刺著幾隻魚，現在正鮮活有力地掙扎著。

「——唔！」

席恩不禁屏息。

即使知道不能這樣，眼睛依舊被吸引，忍不住盯著看。

凪現在——幾乎是一絲不掛。

她只用一條白布遮住胸部和胯下。

平常藏在和服之下，如今顯露在外的身體曲線實在非常美麗，非常煽情。手腳修長，柳腰纖細緊實，卻不給人奢華的印象。那副肉體就像研磨透徹的刀刃一樣，帶著一股美麗與強韌。

（那……那個——就是兜檔布……嗎……）

席恩想起今早被菲伊娜誆騙而抓在手裡的那條白布，臉龐不禁發熱。

纏得像是要把胸部壓扁的「束胸」，還有包覆胯下的「兜檔布」。

聽說那是東方式的內衣。

席恩原本就具備這個知識，也各自看過單品，但實際看女性穿在身上的樣子，這卻是頭一遭。

（那……那樣不是幾乎都被看光了嗎……！）

和大陸的小短褲、胸罩相比，實在過於不牢靠。

臀部尤其嚴重暴露在外。

白布完全卡在股溝之中，根本什麼東西都沒遮到。

形狀姣好的臀部就這麼完全被看光——

「……主公？」

凪發現席恩後，一邊任由身上的水滴落，一邊走來。

以那副幾乎全裸的樣貌，若無其事走來。

「您怎麼了嗎？為什麼會在這裡？」

「……沒……沒有，我……」

「嗯？您的臉好紅。」

「……因為……兜……兜檔布……」

「兜檔布……呀啊！」

凪原本還感到不解，但最後似乎還是注意到自己的穿著了。她一邊發出可愛的尖叫，一邊扔掉手中的魚叉，慌慌張張地遮住胯下和胸部。但她已經沒有多餘的手可以繞到背後遮擋幾乎被看光的臀部，只好單手前後揮動，並慌張地開口：

「非常抱歉！屬、屬下居然以如此不檢點的樣貌出現在主公面前……！」

「沒、沒關係啦！我……我才……應該道歉！」

席恩急忙轉身；但他也自覺已經晚了好幾拍。

「屬下馬上著衣！」

「嗯、嗯……」

身後的人似乎開始穿上衣服了，席恩聽見衣物互相摩擦的細小聲響。為了避免不小心看見，席恩緊緊閉著雙眼。

「凪……我真的很抱歉。我……我沒有惡意……」

「哪裡！請您不要道歉！主公您沒有任何過錯。是屬下自己不好。屬下以為這裡沒人，就大意了，所以才會不小心用那種樣子捕魚……」

聽起來，凪應該是平常都在這個地方，以那種樣貌捕魚。

「好……好厲害喔，那個叫做兜襠布的東西……」

「咦……」

僅憑一條布就完美遮住重要部位——正當席恩感嘆這一文化時，凪發出驚愕與羞恥的聲音。

「主、主公……屬下這副打扮是您的喜好嗎……？」

「什麼……？」

「您還這麼小，就有這麼特殊的……不，屬下絕不是瞧不起您，如果您喜歡，那個……屬下反倒覺得光榮……」

「不……不是不是！我不是在說自己的喜好！我只是單純佩服兜檔布這種內衣的機能而已！」

席恩慌慌張張地否定。

他只是基於求知的好奇心，對異鄉的文化感興趣，絕對沒有著眼在性的興奮上。絕對沒有。

「您想問東方的術，是嗎……」

席恩等凪穿好衣服後，重新提問。

詢問跟大陸魔術不同的東方的術。

「對。東方諸國不是有很長一段時間因為『鎖國』這條法令，斷絕了和不同文化交流的機會嗎?所以蓬勃發展出和大陸完全相異的獨有文化跟技術。我認為或許可以從中找到什麼新發現。」

「原來如此。屬下明白您的想法了。但是……很遺憾,屬下可能無法達成您的期望。」

凪一臉愧疚地說著。

「東方獨有的魔術──我國稱作咒術和陰陽術,其實基本上就是擷取從大陸流傳過來的魔術。據說是很久以前,在『鎖國』開始之前,就從大陸流傳過來,後來才開始獨自發展。雖然產生了不少變化,本質其實是相同的東西。」

「嗯,這樣啊。」

「至於屬下運用的咒術,其根本思維也和大陸魔術沒有兩樣。關於『圓』的重要性也相同。」

「可是妳不是還會用符咒嗎?我覺得那東西和大陸的魔法陣是完全不同的體系。」

「不,基本上都相同。以符咒來說,符紙的四個稜角『緣』,就和魔法陣的『圓』有相同的作用。以圈選範圍,限定世界的角度來看,和魔術並無二致。」

「原來如此……裁好的紙張形狀本身就有它的功用;差別只在『圓形』和『長方形』,作用是一樣的嗎……」

席恩同意後,凪接著往下說:

「以屬下的觀點來看，刻畫在主公您手上的咒印也是完全未知的東西。很抱歉，屬下派不上用場。」

「不，妳不用道歉。這些話很有幫助。要是我認真學習東方的術，感覺應該會很好玩。下次麻煩妳教教我吧。」

「可以是可以……但是很不巧，屬下能教您的術，根本沒幾個喔。屬下會用的咒術，都是一些很基本的東西。」

聽見這一席謙虛的話語，席恩不禁回想起從前。

兩年前——

他和「四天女王」之一的「鬼」的激戰。

那個全身散發著凶猛鬼氣，豔麗黑髮不斷狂亂擺動，同時手持太刀，馳騁戰場的美豔厲鬼——

「……是啊。妳最大的武器，不是這種急就章的術。」

席恩一面看著掛在凪腰間的太刀，一面說道。

「……因為自幼，雙親和族人就只灌輸屬下劍技。」

凪就像緬懷過去，又語帶自嘲地呢喃，接著從腰帶上卸下刀鞘，放在自己的膝上。

「我記得這把刀是妳父親……」

「是的。是已故父親的遺物。刀名是『天月鬼』。我將父親死後留下的角，做成這把刀了。」

東方的鬼死後，角會留下。

對鬼之一族而言，將死去同伴的角鍛造成新的武器，就是對那隻鬼最大的弔唁。

「屬下以前曾粗淺提過吧？屬下一族為了取而代之，成為東方諸國的支配者，發起了一場政變。」

鬼之一族君臨東方諸國的頂點。

鬼族當中也存在若干部族，各部族為了領土和權威，時不時就會起衝突。

「長期君臨頂點的的是『皇牙』一族。而我們『天草』一族為了討伐『皇牙』，成為新的支配者，舉旗謀反。但是……結果卻是慘敗。身為頭領的父親一死，全族退敗。族人大多被抓處死，屬下則是好不容易才保住一條命，逃到大陸來。」

政變失敗後，凪只拿著父親的遺物，逃到了大陸來。

之後輾轉流離——抵達魔界。

「……在賭上全族一切的戰鬥敗北，屬下失去了父親和同伴，可說已是孑然一身。但魔王大人……卻渴求屬下這樣的力量。屬下原本連死亡的場所都失去了，那位大人……卻給了屬下新的戰場。他對屬下說，『既然橫豎都要死，就為了我而死吧』……」

屈有些懷念地談論過去的主人。

但當她見席恩沉默不語——

「啊……非、非常抱歉！屬下居然提及過去的主人，以忠臣的標準，實屬大不敬！」

便急急忙忙如此叫道。

「請您放心！如今屬下對您忠貞不二！魔王那種邪魔歪道，死了理所當然！」

「……不，再怎麼樣，妳也不用把那傢伙說得這麼壞。」

席恩說出這句話，靜靜地吐出一口氣。

他的腦海裡浮現被他打倒的魔王的身影。

「魔王的確是我的敵人。對我，而且對人類來說，都是可憎的敵人，也是必須打倒的對象。可是——這再怎麼說，都只是我個人，是人類的利益。就像我有我自己的正義，魔王或許也有魔王自己的正義吧。」

勇者即是正義，魔王即是邪惡。

如果他們之間的構圖如此單純，那該有多幸福。

就像世界所有的紛爭皆是如此，勇者與魔王的戰鬥或許也是正義與正義的衝突。

不能評斷哪邊為惡。

只是雙方立場不同罷了——

（……不對，說不定正因為是現在，我才能這樣俯瞰事情的全貌。）

正因為他受到詛咒，逐漸脫離人類的框架——正因為他成了不是人類，也不是魔族的半調子，才能說出這麼達觀的話語。

兩年前——當他還是勇者的時候。

他覺得他是更加盲目，更堅信自己的正義。

為了證明自己的正義，他才會私自斷定對方為惡，一路持續作戰。為了持續戰鬥，視對方為惡就是必要條件——

「……總之，對妳們『四天女王』來說，魔王是曾經侍奉過的主人，這點不會改變。所以妳不用顧慮到我，刻意說那傢伙的壞話。」

「……主公您真厲害。有這麼寬宏的肚量。」

凪說完這句任誰聽了都開心的誇讚後，抬起頭來。

她仰望天空，在有些眩目的陽光下瞇起眼睛。

「說真的，我……並未傾心於魔王。魔王有許多目的、行動，我都難以贊同。即使如此，我之所以還是選擇與那位大人為伍……是因為我想要一個棲身之所。」

「棲身之所嗎……」

「……因為在屬下遇見魔王之前，歷經了孤獨和空虛。縱使擁有力量，卻沒有去處，只是隨風飄泊……沒有想去的地方，也沒有必須守護的事物，是個空虛的存在。屬下猜想，其他三個人也是這樣吧。」

「…………」

凪的眼裡流露著悲痛的色彩說著。

光是看見她這副表情，席恩的心裡也跟著發疼。

關於她們四個人的過去，席恩也只聽過一小段。

她們身為傳說級別的高階魔族，與強悍的能力成正比，又或者應該說是成反比，有著令人心痛的出身和過去。

（……凪因為政變失敗，被祖國追殺。伊布莉絲的故鄉早就被消滅了。菲伊娜一出生就是孤身一人。雅爾榭拉則是──）

「鬼」反抗支配者失敗，一族黨羽慘遭殺害，她失去了所有親人和同伴。

身為「禁忌之子」的「闇森精」在北方的精靈村里降生，那片深邃的森林故鄉從此化為暴風雪不再停歇的永久凍土。

在灼熱的沙漠中，六百六十六匹魔狼不斷反覆自相殘殺，最後存活的那匹便是「金狼」。魔狼的血肉和力量，將會在鬥爭終結時混合，最後留在殘存個體當中的意志與自我，究竟源自哪一個個體？這點連她自己也不知道。

魅魔女王——「大淫婦」。假如魔王沒有出現，生來注定成為魅魔女王的她，據說就會君臨魔界——

「我們是為了尋求棲身之所，所以才會依賴魔王這棵巨木。只有在支配者底下聽令，我們才會感覺到活著的意義。」

可是——凪繼續往下說：

「魔王……卻漸漸變了。一開始的目的明明是統率並支配人類社會，不知不覺間，卻開始想消滅所有人類，創造只有魔族的天下……一旦有人忤逆，就連魔王軍麾下的將領，也會毫不猶豫降下責罰。」

即使為人嚴格，但本該為了魔族而戰的魔王，曾幾何時成了一個傍若無人的暴君。隨著戰況白熱化，魔王也不再理會人類的交涉，只是不斷重複毫無意義的虐殺，以及霸道的殺戮。

所以席恩——才會毫不猶豫對魔王痛下殺手。

「不。」

這時候凪輕輕搖了搖頭。

「改變的或許不是魔王……而是我們。」

說完，她以溫柔的眼神看著席恩。

「主公……在無數次與敵對的您戰鬥之中，我們改變了。看見勇者嬌小卻凜然、威武的信念，我們空虛的內心隨之萌生了某種東西。」

「……說我小是多餘的啦。」

「啊！真、真是非常抱歉！」

席恩本是為了遮掩害羞，才故意挑她毛病，但凪卻當真，慌慌張張地謝罪。

席恩看了不禁吐出一口氣。

「我們之間真的是發生了很多事呢。」

「呃……非、非常抱歉，好像都是屬下在說自己的事。」

「沒關係，妳不必在意。偶爾聊聊這些事也不錯。」

凪說完，席恩抬起頭，露出一抹平靜的笑容這麼說道：

「該怎麼說呢……只要和妳聊天，我的心就會比較平靜，或者應該說就會冷靜下來。總之心情會變得非常輕鬆。」

「……咦？您……您這是什、什麼……」

凪心生動搖，眼裡又像有所期待似的。

「嗯……該怎麼說才對呢？因為妳的聲調跟應對都很柔和，所以我也不會太緊繃……」

而且打扮也不暴露——席恩再怎麼沒神經，也不會說出這種話。

凪跟總是莫名喜歡有激烈肢體接觸、穿著又暴露的其他三人不同，她的和服穿得恰如其分，也會保持一定的距離接待席恩。

她不會過分擾亂青春期少年的心，就某種意義而言，是個讓人感到安心的大姊姊。如果要比喻的話——

「感覺就像和孤兒院的老奶奶說話一樣。」

「老奶……！」

凪受到一陣打擊，消沉到無盡的深淵。

這下子就算席恩再怎麼不懂女人心，也馬上看懂了。

他明白自己剛才說錯話了。

「對……對不起，凪。我剛才說錯了。應該說……」

「沒……沒關係，屬下會當成誇讚收下的……」

凪自靠其力，重新振作。

「如果和屬下這樣的女人談話，能讓主公的心緒得到些許安定，那對屬下而言就是無上的喜悅。」

只不過——凪繼續說：

「心情有點複雜。」

「嗯？」

「主公您……是……是不是沒有把屬下當成一個女人看待？」

凪一面以因緊張而顫抖的聲調詢問，一面探出身子。

她的臉突然貼近，讓席恩的心跳不禁加速。

「和其他三個人相比……屬下的確不夠搶眼，而且不夠積極主動，身體也沒有多大的起伏……」

「沒……沒有這回事啦。我從來就不覺得妳不搶眼，身體也是……啊啊，不對，我是說……」

剛才不小心窺見的兜襠布在腦海復甦，讓席恩的臉一陣滾燙。形狀姣好的臀部，還有儘管被束胸擠壓，依舊彰顯著存在感的胸部。或許尺寸真的比其他三個人還要小，但份量還是非常充足。

見席恩害羞得一句話也說不出，凪也紅著一張臉，再度拉近彼此的距離。

看來被席恩形容成「老奶奶」，給她的打擊非常大。

讓她變得比平常都要積極——

「凪、凪……」

「主公，屬下也是個女人喲。」

美豔的紅唇編織出熾熱的言語。細長的雙眼沒了平常凜然的銳氣，水潤得幾乎將人融化。

凪用力抓住席恩不知所措又僵硬的肩膀——

「——你們玩得很開心嘛。」

那一瞬間。

一道聲音從某個地方傳出。

儘管聲調平穩，卻有著從地獄深處傳開那般令人毛骨悚然的冰寒。凪不禁發出尖叫，往後跳開。

「呀啊！」

「呵呵呵，抱歉，打擾到妳了，凪。」

「雅、雅爾榭拉……」

「你們過了這麼久都還沒回來，所以我就過來看看，沒想到會是這種進展呀？」

雅爾榭拉往兩人方向走去，臉上雖是與平常無異的微笑，卻不知為何擁有強烈的威壓。

「真是令人吃驚。妳平常一個勁地教訓我們，狂妄地說什麼『女人應該更內斂一點』，或是『女人倒追男人，真是不知羞恥』，真沒想到妳居然會這般誘惑席恩大人。」

「才、才不是！我沒有誘惑主公！剛才那是……那是，那個……嗚……嗚嗚……不是，不是啦……」

凪無話可說，縮瑟著身體，喃喃自語。

（我……我應該……得救了吧？）

雖然席恩還搞不太懂狀況，總而言之是放心了。

但雅爾榭拉卻是獨自露出思索的神情。

「……沒想到連最安分的凪都做出如此積極的舉動。既然如此，我今後也要更認真——」

「……雅爾榭拉？」

「咦？啊，沒有沒有，沒什麼事喲，席恩大人。」

雅爾榭拉慌慌張張地左右甩手。

（……我搞不好根本沒有得救。）

面對一有機會就會進攻的大姊姊們，席恩只覺背脊發涼——

「……不是……不是不是不是！我……我才不是那麼不檢點的女人！嗚哇啊啊啊！」

凪宛如感情爆發一般，一邊發出大叫，一邊飛也似地跑走。

她往森林深處跑去，卻正好撞上席恩。

席恩腳步沒有站穩，往前踉蹌，然後——

手邊傳來一股軟嫩的觸感。

他用力地撞進柔軟的胸部中了。

「啊嗯！」

「哇……對、對不起，雅爾榭拉！我、我不是故意的！」

「呵呵呵，席恩大人，沒關係，您不必這麼緊張。我很清楚這是一場意外。」

「……那……那就好……那個……」

「怎麼了？」

「妳……妳為什麼……要緊緊地抱著我？」

見席恩就快摔倒，雅爾榭拉張開雙手，撐住他的身體，並緊緊抱住。說得更仔細一點……席恩甚至覺得雅爾榭拉是主動抱住自己。

「因為要是您受傷，那就不好了。所以我才會賭上這副身體，誓死接住您。」

「……這樣啊。那現在已經沒事了，妳可以放手了。」

「不不不，或許還會引發腦震盪。依我看，暫時保持這樣，觀望一下情形比較好。」

「妳、妳說這是什麼……哇！噗……」

雅爾榭拉將雙手繞到席恩的後腦勺，用豐腴的胸部夾住席恩的臉，就這麼抱著他。

（嗚嗚……好……好軟。）

觸感柔軟的胸部，以及甘甜的芳香圍繞著席恩。

（可惡……我……我又被她捉弄了……！）

受到屈辱般的對待，自己卻興起這樣也不賴的念頭，這讓他倍感屈辱。

「雅……雅爾榭拉……妳給我適可而止……」

「…………」

即使用盡全力抗議──雅爾榭拉依舊沒有反應。

席恩感到一陣不解，於是想盡辦法從乳溝中將視線往上移。只見直到剛才還掛在她臉上的淘氣微笑已經消失，似乎是在思索著什麼事。

「雅爾榭拉……？哇！唔……唔……」

埋入。

席恩的顏面再度被吸入乳溝當中。

接著迅速受到解放，然後又同樣被巨乳夾擊。

埋入。埋入。埋入。

讓腦袋幾乎融化的擁抱，就這麼不斷地重複。

「喂……喂，雅爾榭拉！妳再不收斂一點，我真的要──」

「席恩大人，您先別動。」

「咦……」

「拜託您了。我很認真。」

雅爾榭拉以認真的語調說著，同時重複著擁抱動作。

感覺就像要確認什麼事一樣。

席恩被她的強勢壓制，只好緘默不語。

（她……她說認真……？在這種極度不認真的狀況下……？）

席恩困惑不已——此時更要命的追擊向他襲來。

（呃……什……哇、哇啊……！）

正當他以為連續的擁抱終於結束，雅爾榭拉的手卻開始撫弄席恩全身。肩膀、腹部、臀部、大腿……纖細柔韌的手指溫柔地來回撫摸他的身體。

（嗯……慘……慘了，好像……會發出聲音……嗯嗯！）

席恩咬緊嘴唇，持續忍著羞恥與酥癢感。

經過好幾次重複確認般地撫摸完全身上下，雅爾榭拉終於停手了。

「……席恩大人。」

擁抱與來回撫摸結束後，雅爾榭拉以一副難以置信的神情，對幾乎快魂飛魄散的席恩說道：

「您是不是……稍微長高了？」

回到宅邸後，他們把身高測量器從倉庫中取出，重新測量了席恩的身高。

結果——稍微長高了一點。

大約一公分。

「……唔哦哦哦哦哦！太……棒啦啊啊啊——！」

席恩以滿面的笑容，對著窗外喊出歡喜之聲。

平常總是提醒自己採取成熟言行的少年，現在卻舉起雙手，大聲歡呼，像個小孩子一樣，用盡全力訴說著喜悅。

四名女僕就這麼看著主人此刻的背影。

「我們家少爺是在高興什麼啊？只不過是長高了區區一公分。」

「哎呀，伊布莉絲，妳忘啦？」

雅爾榭拉說道：

「席恩大人……自從受到魔王的詛咒後，身體就停止成長了喔。」

兩年前——

席恩在殺死魔王之際，受到了詛咒。

除了會無差別吞噬周遭生命的能量掠奪，還出現了許多明顯的詛咒表徵。魔力總量和性質產生變化。令人驚異的再生能力。

以及——不老的肉體。

從受到詛咒的瞬間開始，席恩的身體就停止成長了。

原本應該是成長期的十歲身體，就像時間停止了一般，維持十歲的樣子，不再成長。

不會長大，不會衰老，永遠保持年輕……許多人渴望的不老不死——席恩的狀態與之非常相近。但對稚嫩的少年而言，停止成長除了痛苦之外，什麼也不是。

如今——那副忘卻光陰的肉體……

儘管只有小小的一公分，但確實有了成長。

「啊～好像真有這麼一回事。」

伊布莉絲點點頭，似乎回想起來了。

「小席大人，真是太好了。因為我看你好像若有似無地很介意長不高這件事。話說回來……真虧雅爾榭拉注意到了耶。明明只長高了小小的一公分。」

「呵呵呵，身為一個女僕，就必須對主人的變化有所警覺。我看是妳們還太嫩了吧？」

雅爾榭拉誇張地發出得意的笑。

「這該怎麼說呢？就是抱起來的感覺，跟平常有點不同。如果是平常，應該會像這樣……分毫不差地容納在我懷裡，可是今天卻感覺到一股稍稍強烈的主張……」

「畢竟妳一天到晚抱著少爺嘛。」

「我、我才沒有一天到晚！我只會在該抱的瞬間才抱！」

面對苦笑著說出這番話的伊布莉絲，雅爾榭拉則是意氣用事地辯解。

此時凪傻眼地嘆了口氣。

「哼，不管怎麼說，妳都欠缺內斂。女人抱著男人實在是……」

「……哎呀？這不知道是哪來的人，怎麼敢教訓我應該內斂呀？凪，妳自己剛才還不是……」

「哇啊啊！閉、閉嘴閉嘴！」

凪滿臉通紅地大叫。

正當她們妳一言、我一語時，對著藍天呼喊的席恩終於心滿意足，回到她們的對話中。

「呵呵呵，其實我最近就覺得視線變高了。沒錯，我還覺得衣服變小了。好，雅爾榭拉，用最快的速度把我所有的衣服都重做一件新的。」

「遵命。」

「拜託，長一公分根本等於沒變吧？」

即使這道命令過分失控，雅爾榭拉依舊恭敬地遵從，惹得伊布莉絲冷靜地吐槽。

原本心情大好的席恩因此發出不滿。

「伊布莉絲，妳幹麼啦？嫉妒嗎？妳羨慕我還年輕嗎？」

「……哈哈哈，小少爺，你這樣很沒品喔～」

伊布莉絲臉上浮現一抹煩躁，隨後一把抓住席恩的頭，從上方不斷往下壓。

「嗚哇啊啊！快……快住手！我……我會縮水！好不容易才長高，會縮水啦！」

席恩倉皇逃走。

「可是啊，為什麼事到如今才突然長高啊？」

「這個嘛……嗯……」

聽見菲伊娜的提問，席恩這才重新思考。

（她說得對。為什麼到了現在才突然……）

雖然剛才欣喜得忘我，但冷靜下來思考，這件事確實有蹊蹺。

他對詛咒做了各式各樣的驗證，得知自己的肉體不會衰老。

這兩年分明停止成長的身體，為什麼到了現在卻——

（想得到的可能性是……）

答案——馬上就出來了。

說到這幾天，發生在席恩身上的大變化，就只有一個。

「聖劍……嗎？」

席恩看向自己的右手臂。

大約一週前——這幢宅邸發生了一場戰鬥。

列維烏斯・貝塔・瑟蓋因。

他是席恩過去的夥伴，現在的身分則是打倒了魔王而受人景仰的勇者，同時也是一名劍士。

他擬定各種策略，拿著禁止攜帶出王都的「聖劍梅爾托爾」，與席恩對峙。

激戰的結果——席恩將「梅爾托爾」吸收到體內。

將聖劍化為魔劍。

原本只要是人類，就能使用的聖劍，他卻將其改寫，變成只有自己才能使用的劍。

「梅爾托爾」此刻也尚在席恩體內——

「因為我吸收了聖劍，導致魔王的詛咒弱化了嗎……！」

雖然這還只是推測，卻也沒有其他可能性了。

聖劍。

那是——神明賜予人類的武器。

據說在遠古時代，眾神可憐人類的脆弱，所以製作了聖劍，讓人類擁有對抗其他種族的手段。

因此聖劍——只有純正的人類可以使用。

只要身為人類，無論是誰，聖劍都會輕易容許對方解放能力，尤其對付魔族的時候，將會發揮莫大的威力。

過去席恩曾和「聖劍梅爾托爾」並肩作戰，以那份力量打敗魔王。只要運用聖劍，就算是不死的魔王，也能累積損傷。

雖然在詛咒的影響下，席恩已經無法使用聖劍——

「真呼吸」。

但他卻運用這股詛咒之力，吸收了整把聖劍。

「聖劍是對付魔族極度有效的手段……就算是魔王也不例外。所以……就連對抗魔王的詛咒，也有效果嗎……」

席恩藏不住自己的訝異。

他之所以吸收「聖劍梅爾托爾」，沒有什麼深遠的用意。而是在那種狀況下，除了這麼做，他想不到其他方法可以戰勝列維烏斯。

他只是為了生存，才不顧一切使出了所有的力量。

他沒有想到──結果竟會與解除詛咒有關。

「那麼少爺，既然因為詛咒弱化，你才會稍微長高……所以能量掠奪或許也有稍微變弱的可能性嗎？」

「這個……現在還不知道。」

席恩以艱難的臉色回答伊布莉絲的問題。

「我感覺得出來。能量掠奪本身還在運作當中。就算真的弱化了，那也是我感覺不出的程度……大概真的只有很微小的變化吧。」

「是喔。意思就是，幾乎沒什麼變嗎……」

伊布莉絲失望地說著。

「那麼主公，如果吸收『梅爾托爾』，能些微弱化詛咒……是不是只要不斷吸收其他聖劍，總有一天就能完全消除詛咒呢……？」

「……有這個可能性。」

席恩點頭回答凪的提問。

羅格納王國保管的聖劍，總共有三把。

掌管流向的「利特」。

啃食質量的「薩格勒」。

還有掌握距離的「梅爾托爾」。

目前已經確認還有四把聖劍在其他人類的國家中，但聖劍總共有幾把，還沒有人知道正確數量。十把、十二把、十三把、二十四把、九十九把……各種傳說和預想混雜在一起，無人知道真相如何。

「原來如此，換句話說，就是讓少爺拿到一把聖劍就吸收一把，這樣詛咒遲早會完全消除。」

「我哪能隨便做出那種事啦。」

席恩冷不防吐槽伊布莉絲的提案。

「聖劍是國寶，也是人類的至寶。不是可以因為我個人的問題，就隨我使用的東西。」

「……可是你明明吸掉一把了。」

「緊……緊急狀況管不了那麼多啦！」

席恩吼完藉口，小小嘆了口氣，低頭看著右手。

「吸收『梅爾托爾』是因為我以前已經用慣它，熟知它的特性，所以才能成功。我不知道一樣的事適不適用其他聖劍。不過——」

席恩說著。

眼裡閃爍著希望的光輝。

「——這是很大的進步。」

席恩邊說，邊用力握緊右手。

「這下子總算是看到解除詛咒應該走的路了。只要調查聖劍，或許就能搞懂魔王的詛咒。」

一道光明射入原本完全束手無策、摸黑探索的狀態。

利用聖劍抵銷詛咒。

雖然他們還不知道這個方法是否正確，卻遠比過去思考、嘗試過的任何一種切入點，都有更高的可能性。

「……可惡。我太愚昧了。仔細想想，這件事不是很好懂嗎？聖劍對魔王來說也是天敵……所以我一開始就認定，聖劍不可能和魔王的詛咒有關。也對……其實不用去了解詛咒的原理，只要聖劍的力量可以強制性削弱詛咒，從聖劍的波長反向推算，說不定反而……」

「欸……欸，小席大人。」

菲伊娜出聲呼喚深思的席恩。

她的聲音因不安而顫抖著。

「妳怎麼啦，菲伊娜？」

「我……我問你，如果，我是說……如果喔。如果詛咒完全解除了……小席大人，你就會離開這個家嗎？」

「嗯……對啊，算是吧。」

面對這道問題，席恩不假思索地點頭回答。

「既然詛咒沒了，我也不需要要躲在這種森林深處隱居了啊。而且也沒有繼續住在這個家的理由。」

「…………」

「好了，我該從哪裡開始呢……要先驗證現狀嗎？有必要好好確認因為『梅爾托爾』，我身上的詛咒到底產生多少變化。根據結果——」

席恩一邊呢喃，一邊再度陷入深思。

那張稚嫩的臉蛋，充滿了對未來的希望。

就像在黑暗之中，看見了應該前進的道路——就像閃爍明亮的未來，正促使他的心跳加速。

菲伊娜看著這樣的他，眼底浮現深邃的悲傷。她就要伸出自己的手，卻在觸碰到席恩之前，又收了回來。

「……呿，妳別擺出這麼窩囊的表情啦。」

發出這聲焦躁的人，是伊布莉絲。

「這不是我們一開始就很清楚的事嗎？一旦少爺解除詛咒，以後會何去何從……」

那是一道拚死壓抑著憤怒的聲音。不只是針對菲伊娜，同時也是對自己感到焦慮的聲音。

「……主公他……並不是應該埋沒在這裡的人。」

凪也以悲痛的聲音說著。儘管她拚命假裝堅毅，她的聲音卻有著微小的顫抖。

「主公對世間的貢獻比任何人還多，卻沒有得到相對的回報。如果可以回頭……那還是回到陽光普照的地方比較好。這次他一定要堂堂正正馳名人世，並得到回報。」

「……我知道。我知道啦。知道歸知道……」

菲伊娜就像一個無理取鬧的孩子，不斷重複相同的話。

如果。

如果席恩的詛咒解除了。

世間想必——會歡迎他吧。

事到如今還要回到勇者的立場或許很困難，但把他趕出來的王室應該很樂意再翻一次臉，歡迎他回歸吧。他們會立即計算席恩的才能可以替國家帶來多少利益，然後給他一個相應的地位，盛情款待他。

就算不拘泥在這個國家，以席恩擁有的實力和知識，也不愁找不到地方待。他在任何領域都有辦法發揮出眾的才華，不論對哪個國家來說，都是望眼欲穿也想得到的逸材。

他有多到數不清的選擇。

席恩的未來擁有無限可能。

可是——

那樣在人世當中美好的未來，叛徒魔族卻不能存在。

「——我們所有人應該早就做好覺悟了喲。」

雅爾榭拉說道。

她的聲音沒有一絲躊躇、迷惘，而且非常嚴厲。

「在我們決定侍奉曾經身為勇者的他時，應該就做好覺悟了。如果席恩大人能重回光明的世界，我們的存在就只是重擔。畢竟我們……不管走到哪裡，都是黑暗世界的居民。」

救世勇者與魔王軍的最高幹部。

勝者與敗者。

理應在光明世界馳名的少年，以及理應墜入無盡黑暗深淵的極致惡劣女叛徒們。

照理來說，他們是戰爭結束後，就不會再往來的光明與黑暗。但諷刺的是，雙方之所以會產生連結，全因為那份侵蝕少年的詛咒。

倘若沒有魔王的詛咒，「四天女王」絕對不可能會成為勇者的女僕。

因此。

如果詛咒消失了——也就意味著他們的分離。

人世間沒有她們的棲所。

人類想必不會原諒曾經折磨他們的魔王軍幹部。若是像現在這樣的隱居生活，或許還能走一步騙一步。可是一旦席恩揚名在外，她們的存在將會危害席恩的立場。

席恩為了往上爬，「四天女王」就會是個阻礙。

勇者沒了詛咒，就不再需要女僕了。

席恩發現解咒的線索後，雙眼充滿了希望，腦中描繪著未來——但在他描繪的光輝未來當中，並沒有四名女僕的身影。

這樣就好了。

這樣也無所謂。

只要主人能獲得幸福，她們甘之如飴。

四名女僕如此想著。

試圖說服自己「這樣才正確」。

然而——

「啊啊……話說回來，還真令人期待啊。」

直到剛才為止還一直沉浸在思緒當中的席恩終於回到現實世界。

接著，他以充滿希望的笑容，回頭望向她們四個人。

「如果詛咒解除了，我就可以跟妳們一起去各式各樣的地方了。」

席恩如此說道。

以幸福的笑容說道，而且極其自然地說道。

他就像說出一件理所當然的事，提及「妳們」。

說得好像未來他們五個人必定幸福美滿。

「因為詛咒的關係，我一直都放棄了……可是其實我想去的地方，就像山一樣多。搞不好花個一年來環遊世界也不錯。」

席恩心情大好，像個天真的孩子一樣，說出自己描繪的未來。

「嗯……雖然我剛才說沒有必要繼續住在這間房子裡了，可是難得妳們把這裡弄得這麼漂亮，我對房子也有了感情，事到如今放手，總覺得很可惜。好，就把這間房子當成我們的別墅吧！用來避暑好了。」

「……呃，奇怪？小……小席大人。」

見席恩說得滔滔不絕，菲伊娜訝異地發問：

「你解開詛咒之後……我們……還會在一起嗎？」

「嗯？什麼意思？」

席恩不解地歪著頭。

看樣子，他是真的不懂菲伊娜這句話的意思。

「我懂了，妳是說休假吧？妳們也想要稍微休息一下是嗎？」

「呃，這個……」

「放心吧。我可以答應妳們，當我的詛咒解除，看妳們想要休假還是報酬，我都會給足份量。好好期待那一天吧。」

「…………」

菲伊娜啞口無言。

席恩卻只是無比欣喜地笑著。

簡直就像——不曾懷疑未來他們五個人還會一起生活下去，天真地展顏。

那或許算是某種「天真」。

就像一個被母親愛到大的孩子，無法想像母親會從自己眼前消失那樣——無條件相信未來對方也會愛著自己。

席恩也同樣相信著女僕們。

他已經下意識將她們視為理所當然陪伴在身邊的家人了。

在少年描繪的未來當中，這四名女僕已是理所當然的存在。

這點表現得十分明顯，不禁讓她們——

「……嘿嘿嘿，小席大人，我好愛你！」

菲伊娜首先飛撲上去。

「小席大人，我們要永遠在一起喲！」

「哇……怎……怎麼啦？」

「獎賞啊……我很期待喔，少爺。」

「屬下願隨您到天涯海角，主公。」

伊布莉絲一邊露出不懷好意的笑容，一邊胡亂攪著席恩的頭。凪則是恭敬地說著，同時握緊席恩的手。

「啊啊……席恩大人。您為什麼……為什麼能如此……！」

不知何時站到席恩身後的雅爾榭拉似乎再也按捺不住，就這麼張開雙臂，用力摟住席恩。

「幹……幹麼？妳們怎麼突然這樣！」

「呵呵呵，沒什麼。」

「是我們的事。我們的事～」

「沒錯沒錯。和少爺你無關。」

「請主公不必介懷。」

即使一臉莫名地抗議，女僕們依舊不罷手。感覺就像壓抑已久的感情一次爆發，使盡全力調侃席恩。

「就……就算妳們叫我別介意……嗚哇！快……快住……哇、哇啊啊——」

被四個人揉成一團的席恩根本搞不懂，女僕們的表情為什麼會如此幸福。

當天晚上——發生了一個事件。

「唉……爛透了。都是伊布莉絲害的啦。」

「妳很煩耶，菲伊娜。已經過去的事情，就不要再囉嗦了。是妳自己不好，把洗衣籃放在那種地方。」

「就算是這樣，一般會有人搞錯已經晾好的衣物，然後再拿回去洗嗎？普通人應該一看就知道了吧？多虧妳多事，晾好的內衣都沒了耶。」

「啊～吵死了吵死了。」

「菲伊娜，伊布莉絲，你們互相推託責任，也解決不了事情啊。兩個人都要反省。」

「妳們三個別再爭了。不必擔心，我這裡正好有新縫好的束胸和兜襠布。」

「……凪，妳為什麼看起來有點開心？」

「呵呵呵，這一天終於到了，終於能讓妳們知道兜襠布有多美好了！兜襠布很棒喲！它和大陸下流的內衣不同，穿上去後，會讓人眼前為之一亮。可是妳們幾個……不管我怎麼大力推薦，就是不肯嘗試……」

「人家就是不要嘛。一點也不可愛。」

「與其讓那種布條卡進股溝，我寧願什麼也不穿。」

「……凪？這種可怕的東西，在妳的祖國真的是標準的內衣褲嗎？妳應該沒有騙我們吧？」

「唔……妳們這些人，總是一而再再而三瞧不起我國的文化……！」

正當女僕們在某間房間聒噪時，席恩碰巧經過那間房間。

「喂，妳們很吵耶。大半夜的，在吵什麼——」

席恩打開房門的瞬間，所有人都靜止了。

「…………」

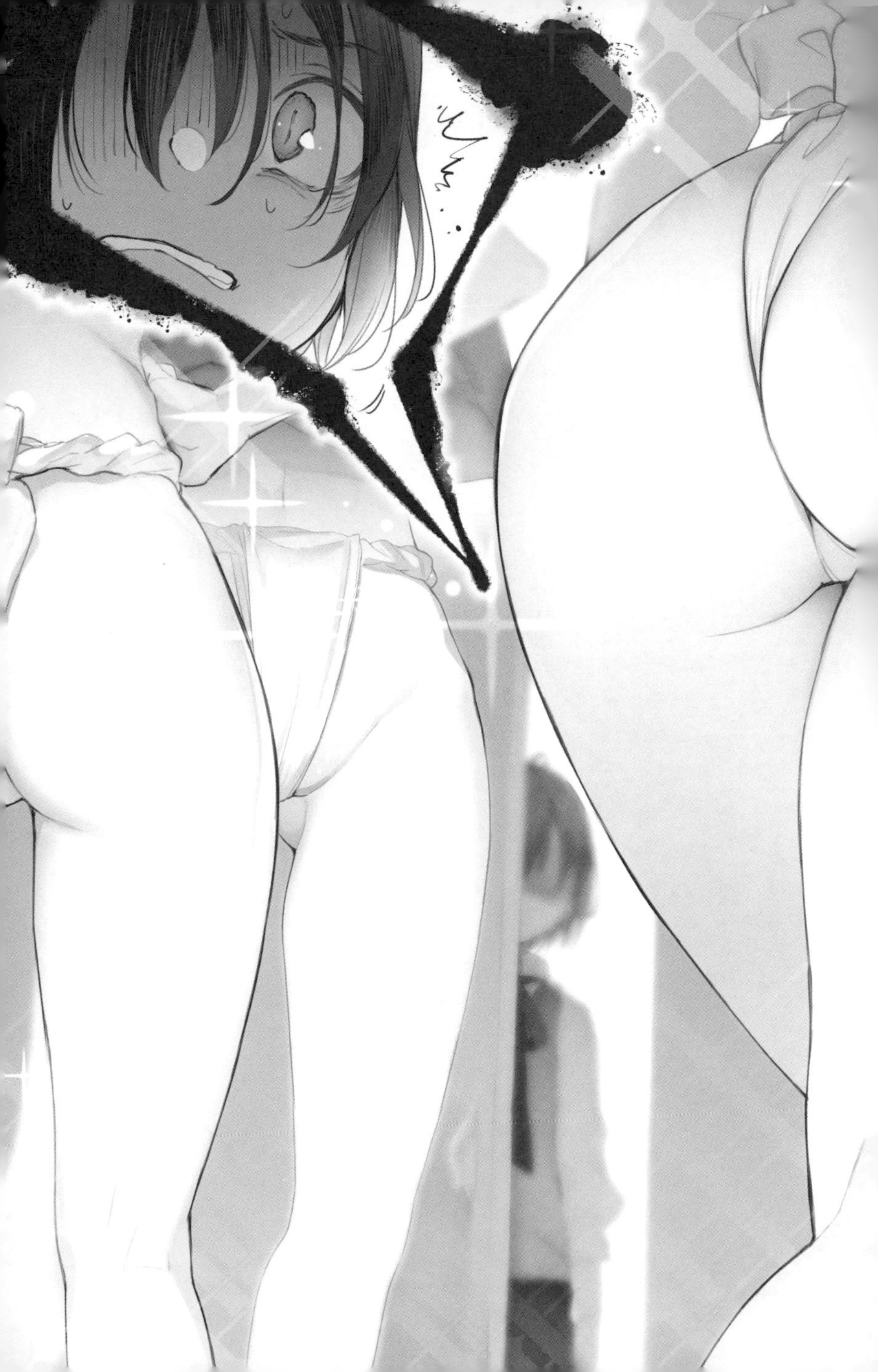

席恩什麼都沒有說，就這麼關起房門。

他不斷甩頭，並用手揉著自己的眼睛。

「……看樣子，我是太累了。居然看見那麼誇張的幻影。」

房門另一側的世界實在太過煽情，又過於特殊。那幅實在難以形容的官能光景，根本只有一小部分擁有特殊癖好的人才會有感覺。

「……今天還是早點睡吧。」

對尚且年幼的席恩來說，他實在無法吸收那種特殊衣著醞釀出的性慾。他的腦袋因為負荷過重，放棄處理這件事，就這麼把銘刻在眼底的光景，封印在記憶深處了。

這天席恩和雅爾榭拉在宅邸的某間房內驗證某件事情。

「席恩大人，隨時可以開始了。」

「好，我要動手了。」

席恩卸下右手的手套。

房間中央擺著一支插有一朵花的花瓶。

那並不是開在這座宅邸周圍，而是在鎮上花店買來的花。

席恩對著那朵花伸出右手。

（……抱歉了。）

他在內心道歉後，集中意識在右手上。

接著一點一點解放平常壓抑住的魔王的詛咒——能量掠奪。

短短幾秒，整株花就枯萎了。

它的生命宛如被連根拔起，就這麼枯萎，喪失水分的花瓣也隨之落下。

如果是宅邸周邊的植物，就不會受到能量掠奪影響而枯萎。那是因為以前席恩將血灑在大地上，引起酷似眷屬契約的現象，爾後這塊土地便只會生長出適應席恩這個威脅的植物。

但如果是這個周邊以外的植物——就無法逃離席恩的詛咒。

「雅爾榭拉。」

「五點零三秒。」

雅爾榭拉說出手上鐘錶顯示的秒數後，將花朵枯萎的所需時間記錄在紙上。

「繼續下一個吧。」

之後，他們反覆進行了類似的驗證。

插上新的花，記下席恩伸手後，花朵的枯萎時間。將力量壓抑到極限的狀態、解放一半左右的狀態、解放七成左右的狀態、戴著手套解放一半左右的狀態……等等，兩人不斷重複驗證著各式各樣的狀態。

「席恩大人，結果如何？」

所有檢驗結束後，雅爾榭拉開口詢問看著所有紀錄的席恩。

「跟以前比起來，花朵枯萎的速度確實變得比較慢。雖然只有一點點。」

「這麼說的話……」

「是啊。可以說能量掠奪……也就是詛咒真的弱化了。」

前幾天，席恩因為身高長高了一公分，做出了「吸收聖劍的結果，讓魔王的詛咒弱化」的假設。

為了確認肉體成長以外的變化——比方說，能量掠奪會產生什麼變化，他們才會做了各種檢驗——

結果顯示，雖然只有一點點，但吸取生命的力量確實弱化了。

「看來，您的預料果然正確。吸取了聖劍，魔王的詛咒確實變弱了。」

「……嗯。」

「您怎麼了嗎？」

「沒有……跟以前比起來，能量掠奪確實變弱了。可是這個與其說是變弱……」

席恩再次查看紀錄。

（……以前不論我怎麼壓抑，也沒辦法完全控制，只要赤手靠到極近的距離，花朵要不了多少時間就會枯萎。）

如果是「試圖抑制力量」的狀態，枯萎的時間的確比以前還要緩慢。

但是——

（在『解放力量』的狀態下，時間……幾乎沒什麼變化。）

當他放棄壓抑，放鬆全身力道，以對現在的他而言，最自然的姿態，解放能量掠奪——

在這樣的解放狀態下，花朵枯萎的速度和以前幾乎相同。

如果他有心壓抑，確實能比以前壓抑得更確實，

可是當他暫時解放，能力的最大值依舊沒有變。

能力本身並沒有衰退。

這件事代表著——

（力量並非變弱……應該說變得「可以控制」了，是嗎？）

原本無法抑制的力量，如今已經可以稍微控制。

力量本身沒變，伸縮範圍卻變廣了。

（我原本以為聖劍的特性中和、抵銷了詛咒……但這種感覺好像有點不一樣。）

與其說以相反的力量，互相抵銷這種強悍的能力——反而更像是齒輪吻合的感覺。

原以為吸收聖劍會是解咒的一條明路。

但說不定箇中構造並沒有這麼單純。

（詛咒……對了，就是詛咒。是我擅自把這股力量稱作詛咒。）

無法以自己的意志干涉，對自己、對周遭都會帶來災禍——正因這個現象如此霸道不講理，他才會自然地使用「詛咒」稱呼。

（可是……追根究柢，這個——真的是詛咒嗎？）

因手刃魔王而寄宿在席恩身上的力量。

這股力量的真面目究竟——

「……席恩大人？」

正當席恩陷入沉思，雅爾榭拉擔憂地呼喚他。

「呃……抱歉，嗯。我沒事。總之，詛咒的效力已經減弱，這點應該沒錯了。」

席恩將多餘的懸念放在心中說道：

「另外，今天也姑且量一下身高吧。」

「遵命。」

雙方往擺在房間角落的身高測量器移動。

（只過了一天，可能不會有什麼改變……可是搞不好有長高啊！因為詛咒弱化，說不定以前一直遭到壓抑的成長期會一下子爆發！）

席恩心中抱著雀躍，站上身高測量器——

「……哎呀？」

「雅爾榭拉，怎麼了？」

「真是抱歉，測量棒降不下來……」

他們使用的身高測量器，是將測量棒穿過支柱，藉著上下移動測量的傳統測量器。

但現在看來，測量棒似乎卡住，無法移動了。

「畢竟這是放在這間房子裡的舊物。應該有很多地方都壞了吧。」

「啊，不過好像還有得救。因為……只是前面這裡卡住……」

雅爾榭拉一邊嘟囔，身體一邊往席恩的前方靠近，設法處理卡在身高測量器上方的測量棒。

結果，若要說發生了什麼事——

「——唔！」

就是胸部。

將女僕服向上撐起的豐腴胸部，就這麼擺在席恩眼前。

（好……好厲害……在搖……）

雅爾榭拉挺直上半身，舉起雙手做事，使得胸部配合她的動作大大晃動。只要她再往前一點點，席恩覺得自己的心臟就會爆裂。

（……她……她沒有發現嗎？）

雅爾榭拉抬著頭，正專心在手頭的作業，想必是沒有發覺她的胸部已經快碰到人了。

這和平時刻意的誘惑不同，是無意識的誘惑。

她身上那兩顆毫無防備的果實就這樣，在毫無盤算的狀態下被端出來。

（不……不行……雅爾榭拉這麼認真在做事，我不能有非分之想，我得乖乖站好才行……！）

這和平常有目的的示好不同，所以也不能出聲警告。

席恩就這麼束手無策地站著，持續被眼前晃動的巨乳壓制在原地。

「啊，修好了喲……呃，奇怪？席恩大人，您怎麼了？您的臉好紅。」

「沒、沒事！」

結果身高沒有變化。

維持著前幾天長高一公分的狀態。

說得更仔細一點……甚至縮水了幾公釐。人類的身高會隨著時間帶增加、縮減，所以其實是在誤差範圍內。可是……

「……果然不會突然長高嗎？算了，我早就知道了。我根本一點也不期待。只是為了保險起見才量。真的只是順便量一下而已。」

席恩卻反覆唸著這句不知道是對著誰說的藉口。

「對了，席恩大人。說到身高，我突然想到，您之前要我翻新所有服裝，這件事……」

「……那……那是我開的一個小玩笑啦。妳別當真。」

席恩一臉苦澀地說著。因為長高，讓他一時興奮，下了一個莫名其妙的命令。現在想想，實在是丟臉丟到家了。

只見雅爾榭拉苦笑，點頭說了聲「遵命」。

「可是說到衣服……雅爾榭拉。」

席恩像是想到了什麼，開口說道：

「我是時候想穿穿看短褲以外的——」

「萬萬不可！」

雅爾榭拉發出大叫。

以異常堅持的態度，以及惡鬼般的模樣。

「不可以，絕對不行，席恩大人……您居然不穿短褲，這實在太暴殄天——咳咳！總之絕對不行！」

「為……為什麼啊？」

「這是……因為……就是不行嘛。就是……總覺得……您想，就是那樣嘛，那樣。」

這是個非常模棱兩可的回答。

席恩平常穿的衣服，無論是外出服或睡衣，幾乎都是雅爾榭拉挑選的。

她會在城鎮選購，偶爾還會自己修改。想當初來到這幢宅邸的時候，她連縫個釦子都有困難，如今經過一年，她的裁縫技術已經大有長進。

席恩對原本就不太在意衣著打扮，因此他對雅爾榭拉挑選的衣服，並沒有任何不滿——不過只有一點，並非不滿那麼誇張的情緒，他只是覺得在意。

那就是——

下半身的服裝——幾乎都是短褲。

有時候甚至買了一條以不錯的布料做成設計好看的長褲，卻故意自己裁剪，變成一條短褲。

「您……您對短褲有什麼不滿嗎，席恩大人？」

「沒有，也不算不滿啦……我只是……覺得一年到頭都穿著短褲……感覺很幼稚，有點難為情。」

「……我就說有點害羞卻還是穿著短褲的席恩大人實在太可愛讓人受不了啦他的那雙大腿真是有夠耀眼我的腦袋裡都有奇怪的液體不斷湧——咳咳！我……我什麼都沒說。」

雅爾榭拉失控說了一堆後，慌慌張張補救。儘管席恩覺得她幾乎把心聲說出來了，卻因為說得太快，沒聽清楚。

（……我真不懂。為什麼雅爾榭拉一定要我穿短褲啊？）

雅爾榭拉堅持短褲的理由——那完全是個人興趣的領域，席恩是一點也搞不懂。

對一個年幼孩子的大腿釋出強烈的關心，同時感到興奮的性癖好，是少年本人無法想像的事。

「呃，席恩大人……其實短褲在現在的貴族之間，是時尚的尖端喲。」

「是這樣嗎？」

「是呀。在東邊還是西邊有個小國家叫『短克．兀』，自從那個國家的商人『大啊．吐委』造訪後，就掀起了這個風潮。我聽說短褲因此隱約成為祕密趨勢。別說孩子氣了，短褲這種打扮在嚴正的典禮上，甚至漸漸成為大人的正式服裝。」

「哦。原來在我不知道的地方，有這種趨勢啊。」

「就我聽到的說法，這個趨勢變幻莫測。所以席恩大人，您身為我們的主人，為了讓您的打扮更有格調，我強烈推薦您繼續穿短褲。」

「原來如此……好吧。既然是這樣，我就維持原樣，繼續穿短褲吧。」

見席恩折衷，雅爾榭拉安心地鬆了一口氣，但——

「……我總是單方面受到妳的幫助呢。」

「咦？」

「我一直窩在這裡，漸漸離世俗遠去。所以妳才會勸我穿現在流行的衣服吧？為了不讓不諳世事的我，離世俗越來越遠。我是個被社會拋棄的人，但妳卻希望我至少衣著打扮和社會接軌。」

「……呃……」

「對你們魔族來說，學習人類的文化並不是一件簡單的事。可是雅爾榭拉妳總是為了我，熱心學習人類的所作所為。我實在沒想到妳連服飾趨勢都有研究。」

「……嗚……」

「我真的很佩服妳的努力和體貼。」

「……嗚嗚……」

「雅爾榭拉，謝謝妳總是這麼照顧我。有妳這樣的女僕，我真是幸福。」

「唔！好……好耀眼……！我要融化了……！」

在這抹絲毫沒有猜疑的天真笑容面前，雅爾榭拉的反應就像一隻被潑了聖水的惡魔一樣。

隨後她經歷了一陣激烈的懊惱與掙扎——

「……席……席恩大人，我看……還是準備幾條長褲吧。」

如此說道。

她的表情感覺就像被罪惡感壓垮了一樣。

「呃，可以嗎？妳不是說現在流行短褲？」

「沒……沒有……看來應該是我會錯意了。可能不是現在，而是幾年前的流行了。」

「嗯，是喔？」

照這個情形看，似乎是可以穿長褲了。

但雅爾榭拉卻不知道為什麼，宛如失去萬分謹慎保管的寶物一樣，顯露出極為絕望的神情。

後來他們花了點時間收拾好環境，準備離開地下室時——

「——唔！」

越過房門的瞬間。

雅爾榭拉的身子晃了一下。

她似乎沒站穩，突然身子一軟，當場蹲在地上。她手裡拿著的花瓶就這麼落地摔碎。

席恩急忙趕到她身邊關心。

「雅……雅爾榭拉？」

「……非……非常抱歉，花瓶……」

「花瓶一點也不重要。妳……妳還好嗎？」

「我沒事……只是頭有點暈。」

儘管說詞堅毅，語調卻非常虛弱。

（臉色這麼蒼白……）

因為化了濃妝的關係，席恩直到剛才都沒發現，如今近看，才知道她的臉色非常不好——不對，應該是為了隱瞞自己的臉色差，所以才化了濃妝。

「雅爾榭拉……妳昨天看起來也有點不舒服，妳真的沒事嗎？」

「我沒事。只是最近有點睡眠不足而已。」

雅爾榭拉堅定地說，然後站起身子，開始收拾摔碎的花瓶碎片。

席恩也只能默默地看著她。

「失蹤事件？」

現在是午餐時間。

正當他們五人圍著餐桌吃飯，今天負責採買的凪說出她在城鎮聽見的傳聞。

「是的。聽說在維斯提亞附近，頻繁發生有人消失的事件。光是已經確定的案件，就有十個人下落不明了。」

「還真是不安寧啊。」

「不過現在還不確定是否具備事件性。因為失蹤的人全都是已經成年的大人。」

「嗯……」

如果失蹤的是小孩子，就可以朝綁架或意外的可能性推測。但如果是成年人——也就是十六歲以上的人，就有很高的可能性是自行離家。

可是失蹤的人來到十人之多——就算是成年人，也很難不跟某種事件連結在一起。

「失蹤的人有什麼共通點嗎？」

「全部都是年輕男子。」

凪說道。

「年輕男子？」

「是的……還有，屬下不知道這和事件有沒有關係……聽說在維斯提亞郊外的廢棄教堂——有個魅魔最近開始住進那個地方。」

「魅……魅魔……？」

「有幾個人目擊失蹤男子往教堂的方向走去。甚至有人大大方方地說，要去拜見那個魅魔，就這麼前往教堂，結果卻不再回來……」

凪以不予置評的表情說著。

這時候伊布莉絲露出深深的悲憫，把手放在鄰座雅爾榭拉的肩上。

「雅爾榭拉，妳自首吧。」

「什！」

「現在自首的話，還不算重罪。妳好好贖罪再回來吧。」

「等、等等，伊布莉絲……」

「唉，我早就知道妳有一天會鬧出事情來了。」

「連菲伊娜都這樣……」

「好啦，妳也不必擔心。就算妳被抓，我也會乖乖接下妳的工作，以女僕長的身分幹活。」

「妳……妳們夠了喔！才不是我做的！」

雅爾榭拉淚眼汪汪地反駁不懷好意的另外兩個人。

凪冷眼一瞥她們三個人——

「先別管她們說的無聊玩笑，主公，您覺得應該怎麼處理？」

冷靜地拉回話題。

「這個嘛……」

席恩短暫思索後，開口說：

「就去看看情形吧。」

當天傍晚，席恩離開了宅邸。

他在太陽完全下山時，抵達了目的地教堂。傳聞中的魅魔似乎都在夜間出現，因此現在可說是絕佳的時間帶。

「這裡就是魅魔出沒的教堂嗎？」

席恩仰望老舊的教堂，嘴裡咕噥著。

建築物本身還很堅固，但周遭雜草已經恣意叢生，完全沒有人通行的跡象。根據鎮上的消息，這裡的老神父大約在三年前去世，之後就沒有人打理了。

（周圍沒有住家，也沒有人的氣息。只要不久留，就不用介意能量掠奪帶來的影響了。）

席恩考量完周遭後——

「可是……真的沒問題嗎？」

他看向站在身旁的雅爾榭拉。

這次外出只有她一個人同行。

「如果妳身體不舒服，不用勉強沒關係喔。」

席恩想起今早的事，出言勸阻，但雅爾榭拉卻搖了搖頭。

「感謝您的體貼，但我真的不要緊。」

而且——雅爾榭拉繼續說：

「這件事我也不能交給其他人。如果真的有魅魔……我就不能置身事外。」

「這樣啊。」

席恩聽了，也不再繼續追究。

兩人雙雙往教堂走去。

他們打開沉重的大門——一片靜謐的空間隨之展開。

裡面井然有致地擺著長椅，還有十字架形象的裝飾。天花板附近那些色彩繽紛的彩繪玻璃，正透著淡淡的月光。

「……好懷念啊。」

「您說懷念？」

「是啊——讓我想起艾瑪。」

席恩微笑著說道。

雅爾榭拉的表情瞬間僵硬。

「……的、的確是有個女人叫做這個名字呢。」

然後尷尬地說出這句話。她的臉頰微紅，似乎正忍著羞怯。

艾瑪。

這個名字對席恩和雅爾榭拉來說，擁有特殊的意義。

席恩在與魔王軍作戰的旅程中，於西方的教堂邂逅了這名修女。

席恩在嚴苛的旅程中遇見艾瑪，將她視為親姊姊一樣喜愛。

艾瑪總是叫他「席恩弟弟」，對他百般疼愛。對席恩來說，艾瑪是那段艱辛旅程中的救贖。席恩甚至可以斷言，倘若沒有艾瑪，他不可能一路戰鬥下去。

然而。

她已經不會再出現在席恩面前了。

因為艾瑪——

「——唔！」

沉浸在回憶當中的思緒，被強制拉回現實。

有氣息。

有一股濃烈的魔族氣息，刺痛著席恩的肌膚。

「——哎呀哎呀，今天還真是來了一個可愛的客人呢。」

一道異常開朗而且妖豔的聲音不知從何處傳來，響徹周遭。

「呵呵，話說回來，公的人類還真笨。我只是放出有點情色的傳言，他們就傻傻地自己送上門來了。」

聲音的主人終於現身。

他們的眼前出現一個女人的形體，看起來就像從柱子後方延伸出的影子當中緩緩浮現。是個美麗的女人。

面容標緻，身材極好。

乍看之下，像個修女。

她身上穿著底色為黑色的修道服——可是她的穿法，卻完全不像一個侍奉神的女人。衣服尺寸非常緊繃，強調著凹凸有致的身體曲線。腿從高高敞開的開衩中便可窺見，胸部更是大膽地露出。戴歪的頭巾當中可見一頭明亮的髮色——以及一隻角。

「公的人類很喜歡這個吧？這種超撩人的修女。」

女人一邊以溫順的聲調說著，一邊緩緩靠近。

「你真是個不乖的小少爺。明明還這麼小，就對腥羶色這麼有興趣。或者你是不小心迷路，所以才闖進來的？算了，不管是哪種，結果都一樣。」

女人的眼眸妖媚地閃爍，紅唇描繪著一抹魅惑人心的線條。

「你什麼都不必擔心喲。就算是你這種小少爺，姊姊我也會一步一步教你。我會讓你舒服到覺得一切都無所謂。」

「……看樣子傳聞是真的。」

席恩厭倦地說道。

他的表情很平靜，並沒有被女色魅惑的感覺。

席恩雖然平常都被女僕們調戲——但就算他對女人再怎麼沒有抵抗力，一扯到戰鬥，那就另當別論了。

轉換日常生活和戰場的情緒，區區這點小事難不倒他。

無論他再怎麼幼小——也是手刃魔王的勇者。

一個在戰場會被女色魅惑的男人，根本不可能敵得過魔王軍。

「總之——先綁起來吧。」

「啊？綁……？啊哈哈。討厭啦，小弟弟，你在說什麼呀？什麼綁……難道你還不知道我的真面目？我可是魅魔喲？不是你這種小朋友可以應付的——呃！」

女人原本得意地笑著——下一秒，她的臉瞬間痙攣，甚至因為驚愕和恐懼整個刷白。

只因為席恩稍稍解放了他的魔力。

「呃……什……啊……怎、怎麼會有這股魔力……！」

席恩對著顫慄的女人伸出手。

下一秒——

無數光之箭憑空迸出，每一箭都射中女人。

箭矢在命中的瞬間化為光之鞭，一條一條纏上女人的身體。

「呀啊啊！」

女人因為衝擊力道往後飛，撞上教堂的柱子。光之鞭纏繞在柱子上，將魅魔牢牢綁住。

「呃……咦咦咦！騙人，這是什麼……！」

「嗯，輕輕鬆鬆。」

瞬間完成的捕捉戲碼。

能利用省略詠唱的捕捉術式，以這種速度和威力成功發揮威力的魔術師，就算找遍整個大陸，恐怕也屈指可數。

魅魔對普通人來說，是無法應付的高階魔族。但對席恩來說，卻只是個小角色。

「漂亮，席恩大人。」

在後方待命的雅爾榭拉恭敬地說道。

「……其實我本來想用更溫和的方式解決。」

就算對方是魔族，席恩也不願不聽人解釋就動手。

那他為什麼要不由分說就綁人呢——

「可是如果不這麼做……妳會宰了她吧？」

一切都是因為他感覺到背後那股驚人的殺氣。

一股對著魅魔的驚人殺氣。

「討……討厭啦，席恩大人真是……我才不是那麼危險的女人呢。」

「……想裝傻就先把角收起來。」

「啊！不、不是的，席恩大人。因為……她光是以美色誘惑您，就死不足惜了……甚至還用那麼低劣、欠缺品行又低俗的誘惑手法，我才忍不住……」

雅爾榭拉以複雜的怒氣說著。

席恩嘆了一口氣，接著走向遭到綑綁的魅魔身邊。

「好了，接下來要怎麼辦？」

席恩一邊想著要如何從對方口中套出情報，一邊盯著被綁在柱子上的魅魔——但她的眼睛卻盯著席恩的背後看。

「難……難道您是……雅爾榭拉女王？」

魅魔一邊眨著眼睛，一邊說道。儘管身體被綁住，還是想探出身子，她頭上的頭巾因此滑落。

當她露出的面容經過月光照耀後，雅爾榭拉不禁屏息。

「莉莉伊拉……是妳嗎？」

「四天女王」身為魔王的親信，各自擁有她們的直屬部下。

說是這麼說，其實只是徒具形式的主從關係。

他們之間並沒有什麼大不了的牽絆。基本上只是在形式上，將魔王分配過來的集團當成部下使喚。

不過——只有雅爾榭拉不太一樣。

她和擁有各種苦衷而孤身一人的其他三個人不同，只有她擁有許多同族。

「大淫婦」。

雅爾榭拉——生來就是女王。

她以引領魅魔的存在，生於魔界。

儘管拜在魔王軍麾下，對魅魔們來說，雅爾榭拉依舊是她們的女王。

因此她以「四天女王」的頭領君臨眾人，同時也坐擁許多服從她的魅魔部下。

莉莉伊拉就是魅魔大軍裡的其中一人。

「——不過，我也只是末端分子中的末端啦。太沒地位了，連出場機會都沒有，只負責做些可有可無的雜事。」

莉莉伊拉滿不在乎地說著，她的語氣不知為何莫名開朗。

這裡是宅邸的地下室。

他們姑且把在教堂抓到的魅魔——莉莉伊拉帶回宅邸，然後監禁在地下室。她的手腳全都銬上以捕捉術式形成的光之枷鎖。

儘管處在手腳被封住，而且被扔在地板上的狀態——莉莉伊拉的態度卻極為輕浮。

「我幾乎沒上過前線。有種等我回過神來，戰爭已經結束的感覺。所以直到最後，我還是沒見到那個殺掉魔王大人的勇者。」

正如莉莉伊拉所說，她在魔王軍中的地位應該不是很高。

不只席恩沒與她對戰過，就連菲伊娜、伊布莉絲還有凪她們三個人都不認識她。

「哎呀，不過還真是嚇死我了。沒想到從魔界消失的雅爾榭拉女王，居然會和勇者弟弟在一起。」

說到這一點，她這才重新盯著席恩瞧。

「幸會，勇者弟弟。我聽過傳言，但沒想到你真的是個小孩子耶。這麼小的孩子居然把魔王大人幹掉了，我真是有點驚訝。」

魔界和以國家規模管制情報的人類世界不同，流傳的情報似乎很正確。

他們知道打敗魔王的人是個當時年僅十歲的少年——這件歷史的真相。

在人類國家中沒沒無聞，在魔界卻遠近馳名，這實在是很諷刺。

「你真的很厲害耶。多虧你宰掉魔王大人，魔界現在變得一發不可收拾喔。」

「……」

「哎呀，抱歉抱歉，我不是在挖苦你，也沒有恨你。因為對我來說，魔王大人根本不重要。我只是配合身邊的人，隨便替那個人做事罷了。」

她說得好像真的不在乎。

事實上魔王軍——實在不能說是團結的集團。

是魔王這個力量層次不同的獨裁者，以那壓倒性的力量，硬是整合起來的集團。

其中有打從心底崇拜魔王的人。也有畏懼他的能力，無可奈何服從他的人。想趁隙殺死魔王的人。單純隨波逐流的人。事大主義者……等等，有各式各樣的人存在。

能力較低的人類之所以有辦法持續抵抗魔王軍，有很大的原因在於——魔王軍這個組織並不成熟。

「唉～實在是失策耶。因為我們作夢也沒想到魔王大人居然會輸給人類。早知道會這樣，就早點投誠人類，還能撈到更多好吃的——」

「……莉莉伊拉，妳為什麼要對年輕男子下手？」

席恩無視話題走向，直接發問。畢竟如果放著不管，她只會自顧自地繼續說下去。

「問我原因……啊哈！」

莉莉伊拉瞬間露出不解的神情——下一秒卻噗嗤笑了出來。

那是一抹足以魅惑人心的猥褻笑容。

「勇者弟弟，對我們魅魔問這種問題，就像在問『為什麼要每天吃飯？』一樣喲。」

「…………」

「我們魅魔就是一種吸吮雄性性器，將精液連同生命力一起榨乾的生物。」

這句話並非自滿，也不是自虐。莉莉伊拉就像陳述事實那樣說著。

魅魔。

她們是一種存在於魔界的高階魔族。

她們只有雌性個體，因此會積極向其他種族的雄性索求性交。

「我知道魅魔的習性和生態。那我換個方式問吧。妳為什麼要特地來人界，對人類男性下手？如果只是想要雄性，魔界應該也多到數不清吧？」

「你用這麼認真的表情問我，我也說不出來啊……又沒有什麼特別的理由。只是偶爾想吃吃不一樣的種族而已。我直到前一陣子還跟半獸人玩得很起勁，所以這次才想吃點清淡的。」

「…………」

聽見這種實在過於沒品的理由，席恩不禁蹙眉。

「唉……莉莉伊拉，妳真的一點也沒變耶。」

雅爾榭拉吐出一口深深的嘆息。

「要是妳再認真一點，再有點良知和分寸，我就會讓妳擔任我的副手了。」

「啊哈哈，那是不可能的啦。要我認真做事，那根本不可能。我只是個想每天都吃不一樣的性器的女人。可是就某種意義來說，我覺得我比誰都要認真做魅魔的工作喔。」

「……也對。就某種意義來說，比誰都更像魅魔的人就是妳了。妳真的是一點也沒變。」

「您不應該說我沒變——應該說您變了吧？」

莉莉伊拉說道。

以有些冰冷的眼神說道。

「您以前給人的感覺，明明是個傲慢又冷酷的女王，可是現在……表情卻像個人類。」

「……或許是吧。」

雅爾榭拉以柔和的表情苦笑道。

「我想想喔……我記得應該是從您對勇者弟弟使出美人計那時候開始的吧?之後您就開始變了。」

「——呃!」

當莉莉伊拉若無其事說出這句話的瞬間,雅爾榭拉的笑容變瞬間凍結。

「您當時明明是受了魔王大人的命令,假扮成人類修女,計畫誘惑、攏絡勇者弟弟,然後殺掉他的……可是計畫一點也不順利,別說順利了,您反倒被勇者弟弟迷得暈頭轉向。我記得您那時用的名字叫做『艾瑪』——唔嘎嘎!」

「呵……呵呵呵,我看不只手腳,應該連嘴巴也封起來才對。」

雅爾榭拉繞到莉莉伊拉身後,用一條不知從哪裡變出來的布,綁在莉莉伊拉的嘴上。她的神態看起來相當慌張。

(……她還是老樣子,把『艾瑪』時代的事情當成黑歷史。)

席恩嘆息在心裡,同時緬懷過去。

在鄉下教堂邂逅的修女姊姊——艾瑪。

她的真面目——是「四天女王」的頭領,雅爾榭拉。

她遵照魔王的命令,假扮人類,接近勇者。

為了從勇者口中獲得人類陣營的情報——同時也企圖以「大淫婦」無上的姿色，誆騙無邪的少年。

席恩一開始沒有發現她的真面目，就這麼親近她，並叫她「艾瑪姊姊」，仰慕著她——

「呼……呼……是我僭越了，席恩大人。都怪這個人胡說八道。」

「雅爾榭拉……其實當時那件事我已經不在意了。」

像喜愛親姊姊一樣喜愛的修女，其實是魔王軍的幹部，之所以對自己溫柔，都是魔王的命令——當席恩知道真相的時候，當然是大受打擊。遭到信賴對象背叛的打擊，幾乎將少年推入絕望的深淵。

（……可是事情都過去了。）

之後幾經曲折，席恩早就原諒雅爾榭拉，也接納了這段遭到背叛的過去。

然而——

雅爾榭拉似乎直到現在還是抱著罪惡感，將自稱「艾瑪」的時期當成一段黑歷史。

「可……可是就算是魔王的命令，我欺騙您、傷害您依舊是事實……而且……」

「而且什麼？」

「……該……該說我也有身為年長女性的矜持，還是該說……因為……我明明用盡全力誘惑您，卻一點用都沒有，別說有用了，我反而……呃，就是……那個……啊嗚……」

雅爾榭拉紅著一張臉，當場蹲下。具體來說，折磨著她的「年長女性的矜持」究竟是什麼？這點年幼的少年實在不甚了解。

魅魔。

她們是居於魔界，只有雌性個體的高階魔族。

如果要以人界的生物來比喻她們的生態——蜜蜂可說是很相近。

除了繁殖期會出生的雄蜂，蜜蜂的聚落是由一隻女王蜂和無數工蜂構成。

兩者的分工非常簡單。

女王蜂負責「生殖」，工蜂負責「生殖以外的一切事物」。

築巢、照顧幼蟲、採集花蜜花粉、與外敵戰鬥……工蜂不具生殖能力，牠們為了維持聚落生態，會獻出牠們的一生，完成身為群體的職責。

另一方面，女王蜂則是以工蜂收集來的餌食為營養來源，盡到女王生產下一代的職責。

魅魔這個種族也分成女王和其他個體。

獨一無二的女王——「大淫婦」，以及其他魅魔。

普通的魅魔沒有生殖機能，再怎麼和雄性交歡，肚子裡也不會有孩子。

女王是唯一具有生殖能力的個體，她會以其他魅魔收集來的生命力當作營養來源，在適當的時機生出下一代。

現存所有的魅魔都是上一代的「大淫婦」一個人所生。

而現任女王，則是名為「雅爾榭拉」——

（魅魔啊……現在重新回想，這可能是我第一次和雅爾榭拉以外的魅魔正常談話吧。如果是以敵人的身分戰鬥，那倒是有過好幾次。）

席恩走下階梯，獨自思考著。

他和女僕們吃完晚餐後，再次來到莉莉伊拉所在的地下室。

手裡還拿著吃剩的麵包和湯品。

如果只是為了遞送食物，他大可隨便交給一個人做——但席恩本身還想再和她多聊幾句。

（……我該怎麼處理這件事呢？）

席恩可以想見她會遭到何種對待。

會危害人類的魔族——一般來說，都是二話不說就處以極刑。如果把她交給騎士團，對方大概會樂意除掉她吧。

可是現在的席恩已經無法像從前那樣盲信人類的正義了。

（不管怎麼樣，我都要快點下決斷。）

如果是魅魔這種高階魔族，就算放在宅邸一個月，也不會受到能量掠奪影響——但就算這樣，席恩也不能永遠拖下去。

放她走。或殺了她。

席恩必須在兩者之間作出決斷。

他一邊想著這件事，一邊走下樓梯，然後打開房門。

「——唔嘎唔嘎！」

莉莉伊拉被關在防止逃跑用的結界內，她一見到席恩，立刻撐起橫躺在地的身子。

「對了，妳的嘴上還綁著布。」

席恩解除結界，將拿來的麵包和湯品放在地上，接著解開她嘴上的布條。

他還順便解除了手腳的拘束。

「噗哈……呼……活過來了～」

「我拿剩飯來給妳了。要吃嗎？」

「要！」

莉莉伊拉似乎是餓壞了，她正以驚人的氣勢啃著剩飯。她轉眼間就吃光麵包，湯品也是一口氣就喝完了。

「啊～真好吃。不過勇者弟弟，你讓我的手腳恢復自由，這樣好嗎？」

「不用妳多操心。在這個距離之下，不管妳想做什麼，都沒有意義。速度是我比較快。」

畢竟餵她吃飯也麻煩，所以席恩才會解除拘束。

只是這樣罷了。

「哈哈……也對。真不愧是勇者弟弟。」

莉莉伊拉皮笑肉不笑地說著。

下一秒，他快速拉近與席恩的距離。

「那我有一件事想求求你這位強悍又帥氣的勇者弟弟……你可不可以放我走？」

「不行。」

席恩果斷拒絕。儘管他尚未得出結論，卻也不能被對方察覺他這份優柔寡斷。

「你別這麼說嘛……欸，求求你。如果你肯放過我，我什麼都願意做喲。」

莉莉伊拉勾起妖豔的嘴角，在席恩耳邊輕聲呢喃。

她拉開原本就敞開的衣襟，強調著她的乳溝。

「我很厲害喲。不管是這裡，還是這裡，都是頂級貨。」

她露出一抹猥褻的笑容，輪流指著嘴巴與胯下。

「每個跟我玩過的男人，都會露出沒出息的表情，馬上升天。我可以用這副撩人的身體，讓你舒服好幾次……所以欸，答應我嘛？」

「不行。」

「……呿。唉，果然不行嗎……」

莉莉伊拉交涉失敗，興致全失地嘆氣。

「也對啦。畢竟你有雅爾榭拉女王每晚陪你玩。我的美人計怎麼可能有用嘛。」

「……嗯？」

「雅爾榭拉女王一定很厲害吧。她可是魅魔女王耶。不管是胸部、技巧，還是那邊的觸感，我一定沒得比。勇者弟弟，你一定每天晚上都被女王榨乾對吧？好羨慕喔。哎呀……可是這樣說起來，雅爾榭拉女王有勇者弟弟就滿足了嗎？你還是這麼小的男孩子……」

「呃，喂……」

「啊！難道勇者弟弟你……有很厲害的武器？你在晚上那方面也是勇者嗎？這樣啊，也對啦……你是強到打敗魔王的厲害孩子，那方面肯定也很厲害。嗚哇，慘了……我現在超有興趣！欸，勇者弟弟，交涉就算了，我們來一發沒有理由的——」

「妳、妳給我適可而止！」

席恩一把推開性致勃勃湊上來的莉莉伊拉。

「……妳好像誤會什麼了。我和雅爾榭拉……不、不是那種關係。」

「咦？你說不是哪種關係？」

「就、就是那個……我們沒有那種行為。不管是和雅爾榭拉，還是和其他三個人，都沒有。」

「……咦？什麼？」

莉莉伊拉露出極度不解的神情。

「你們……沒有做？咦？奇怪？她們是……女僕對吧？你是雅爾榭拉女王她們的主人吧？女僕不就是……那個嗎？只要喜歡，隨時隨地都可以把老二插進去的性奴隸……」

「妳這是什麼對女僕的鬼定義啊！」

席恩忍不住語出吐槽。

「……她……她們的確是我的女僕……可是我不是為了圖謀不軌，所以才當她們的主人。」

「……什麼？」

莉莉伊拉就像看著未知的生物那樣，以無法理解的表情思索著。下一秒，她冷不防伸長了手——然後一摸。

她碰了。

席恩的胯下。

由下往上，輕輕撫摸。

「……嗚……嗚哇啊啊啊！」

就算席恩再怎麼冷靜，也會驚慌失措，他急忙往後跳。

「啊。有帶把。」

「妳、妳妳、妳幹麼啦！」

「啊哈哈。沒有啦，有這麼多美女隨侍在側，你卻不出手，實在讓我覺得莫名其妙。我看你這麼小隻，臉也長得很可愛，想說會不會是女生，所以才出手確認……沒想到你真的是個男孩子耶。」

「唔……」

莉莉伊拉毫不愧疚地笑著，席恩不禁瞪著她。

「可是啊……既然雅爾榭拉女王沒有和勇者弟弟共度春宵，那她是怎麼發洩的啊？這幢宅邸養了幾個男娼嗎？」

「怎麼可能有啊。不要把雅爾榭拉和妳這種下流的女人相提並論。」

「咦？不是不是，我現在說的不是下不下流的問題。」

莉莉伊拉說道：

「魅魔如果不和男人交歡——就不可能活下去。」

「什麼……？」

「魅魔的性慾和人類有著根本性的不同。就像喝水、呼吸那樣——我們魅魔如果不和男人交歡吸取精氣，就無法活下去。所以我們的身體才會從基因層次迎合男人的喜好。外表討喜不在話下，大家常說的……技巧？我們也是生來就具備。我們憑本能就可以知道男人喜歡什麼。換句話說，魅魔從還是處女起，所有人都是有著超絕技巧的能手。」

「…………」

「但是缺點——就是如果不定期和男人交歡，我們就活不下去。簡單地說，完全就是依存症。不過缺乏做愛，也不會真的死掉啦……只是會有很嚴重的戒斷症狀。」

「戒……戒斷症狀……？」

「我以前也有些原因，一個月左右沒跟男人做愛……那簡直就是地獄。我出現強烈的倦怠感和虛脫感，可是卻完全睡不著，甚至會有幻覺……當時實在是太想要男人，感覺都快瘋掉了……」

莉莉伊拉就像回想起一段不願再回首的回憶那樣，以打從心底受夠的表情說著。

「你說雅爾榭拉女王和你一起生活，大概過了一年是嗎？」

「是……是啊……」

「一年啊。如果她這段期間沒有和你，也沒有和別人做愛，一直禁慾……就算她是『大淫婦』，也差不多到極限了吧？雖然乍看之下看不出來……可是女王搞不好正在忍著地獄般的戒斷症狀吧。」

「…………」

席恩閃過腦海裡的念頭，是最近雅爾榭拉身體狀況不好的事實。

她曾經一臉蒼白，差點昏倒。

雖然本人說她只是睡眠不足——

（難道……那是戒斷症狀嗎？）

那是人類無法理解，屬於魅魔的性衝動——因為持續壓抑，所以肉體才變調嗎？

因為她想盡辦法忍著難以忍受的戒斷症狀，才造成了現在的結果嗎？

「嗯……我真是搞不懂耶。女王為什麼要勉強自己，搞什麼禁慾呢？如果被勇者弟弟拒絕了，在附近隨便找個雄性——原來如此，女王辦不到嗎？」

莉莉伊拉輕輕搖頭後——

「那是叫出軌嗎？人類對這種行為的稱呼。」

說出這句話。

「可能是因為女王太愛、太重視勇者弟弟了，才沒辦法對其他男人下手。再怎麼說，女王都為了你，拋棄過去所榮耀，來到人界，學習人類的樣子過活了。」

勇者弟弟，女王這麼愛你，教我好羨慕啊。

莉莉伊拉如此說著。

不知道是什麼樣的因果，這天陪席恩睡覺的人，無巧不巧竟是雅爾榭拉。

「席恩大人，我們差不多該睡了吧？」

「啊……呃，嗯。」

雅爾榭拉在寢室內引導席恩上床。

她穿著幾乎算全裸的透明睡衣。席恩第一次看見時，還很驚慌失措，但最近已經開始習慣——照理來說，應該是如此。

（不……不行，無法正眼看她……！）

明明應該是已經看慣的打扮，明明應該是已經看慣的身體，卻有種比平常還煽情的感覺。莉莉伊拉說的話在他的腦海揮之不去，心臟也撲通撲通地加速著。

「席恩大人，您怎麼了嗎？」

雅爾榭拉一臉擔憂地窺探，這讓席恩在難為情的同時，衍生出一種複雜的感情。

（雅爾榭拉……妳現在也覺得很痛苦嗎？）

她在這張若無其事的面容底下，是否正和魅魔特有的性衝動天人交戰呢？

她是否拚死忍著如地獄般痛苦的戒斷症狀呢？

「……雅爾榭拉。」

席恩握緊拳頭，在下定決心的同時開口。

「是，您有什麼吩咐嗎？」

「妳……喜……喜歡我嗎？」

「……咦！」

雅爾榭拉驚訝地瞪大了眼睛。

「您您、您怎麼突然問這個……」

「快……快點回答我。這很重要。」

「什麼……？」

席恩死命忍著害羞的心情，雅爾榭拉則是露出些微困惑的表情，然後——

「……喜……喜歡。我當然……喜歡您……呀。」

她紅著一張臉，如此回答。

「這……這樣啊。」

「是的……」

「嗯……」

「……啊……啊哈哈。鄭重重申這種事，總覺得好難為情。」

雅爾榭拉似乎難以忍受這股尷尬，於是笑著轉移焦點。

但席恩依舊頂著認真的表情。

「我也對妳……有好感。」

「……席恩大人。」

「所以如果妳覺得很痛苦……我想要盡我所能幫妳。」

席恩說道：

「雅爾榭拉，妳是不是有事情瞞著我？」

「咦……」

「妳是不是……在忍……忍著什麼事情？」

「——呃！」

當席恩丟出這道直搗核心的問題，雅爾榭拉的身體突然僵在原地不動。

「這……這個……」

「……我就知道。」

「您注意到了嗎？」

雅爾榭拉害羞地問，席恩則是用力地點頭。

「妳這幾天身體不舒服……也是因為這件事情吧？」

「…………」

「妳為什麼不告訴我？」

「……我……我有好幾次都想告訴您。可是……說出這種事，還是覺得忌諱……」

見雅爾榭拉羞怯地說著，席恩也為自己的失言無地自容。

（這是一定的。自己為了性衝動所苦，這種話根本不可能說得出口。）

這並不是可以輕鬆啟齒的話題。可是——魅魔和人類的性慾機制，似乎有根本上的不同。

因此這並非輕浮的話題——如果以人類來比喻，就類似飢渴，是一種深居骨幹的生理機能問題。

可是雅爾榭拉無法對任何人傾訴煩惱，就這麼一個人痛苦到現在。

所以席恩——無法放著這樣的她不管。

「雅爾榭拉，我想幫妳。」

席恩說道。

他吞下所有掙扎和羞恥心，做好了覺悟。

「妳的痛苦……可……可以利用我排解對吧？」

「呃……什！」

雅爾榭拉睜大雙眼，雙手遮著嘴巴，一臉困惑。

「席……席恩大人……您……您知道自……自己現在在說什麼嗎？」

「我……我自認很清楚……」

席恩的聲音無法克制地抖動著。

心臟正以令人難以置信的速度跳著。

與其說是興奮——恐懼與不安更占了大部分。

他是知道這方面的知識，但他有的，真的只是最基本的知識。

對一個尚且年幼的少年來說，這是個一切都不明瞭的世界。

「您怎麼……我……我很高興您有這番心意……可是我不能為了消除我的慾望，就拖您下水……」

「沒關係。我……不想再看見妳痛苦下去了。」

席恩說著。

「妳……妳就……用我發洩妳的慾望吧。」

「席恩大人……」

見席恩儘管面紅耳赤，還是以下定決心的口吻說出這番話，雅爾榭拉滿臉都是感動。

「……我明白了。」

她在些許掙扎後，也以下定決心的表情點頭。

「我也要拜託您，席恩大人。今晚請您陪我，直到我醞釀已久的慾望見底為止。」

「嗯、嗯……」

席恩不禁繃緊全身。

對方一答應自己的提議，不安和緊張便一口氣高漲。

「雅、雅爾榭拉……這……這種事……我是……第、第一次，所以那個……」

「我明白。您不必擔心，我會鉅細彌遺教您。所以……請您把這副身體……交給我吧。」

「嗯……那……那就拜託……妳了……」

雅爾榭拉以包容他人的溫柔嗓音，對著因緊張而身體僵硬的席恩說道。但她的眼眸卻蘊藏著熊熊燃燒的激烈情慾。

兩人漫長的夜晚，就此展開。

「喂……雅、雅爾榭拉，妳……妳突然脫我的衣服……」

「席恩大人，衣服不脫下來，一切就沒辦法開始喲。」

「慢、慢著……那……那種地方……」

「放心吧。您什麼都不必擔心。我會幫您做好全套的服務。請您什麼都不用做，乾脆數數天花板上有幾個汙漬吧。」

「嗚嗚……」

「好了，席恩大人——接下來請您將屁股面對我。」

「呃！啊……等、等等……妳先等一下，雅爾榭拉……」

「真是的。席恩大人，您這樣是不見棺材不掉淚喲。」

「因……因為……這樣還是很奇怪啊。我……我明明是男的，卻這副德性……」

「這一點也不奇怪。您非常有男子氣概。」

「嗚、嗚嗚……」

「好了。您覺得這樣如何，席恩大人？」

「嗚唔……啊、啊啊……我……我還是……有種奇怪的感覺……」

「呵呵呵，請您放心吧。只有剛開始才會有異樣感。您馬上就會習慣了。」

席恩感受著直逼極限的羞恥，雅爾榭拉則是引燃著情慾，兩人共處一室，一來一往交談著——

「好。已經好了喲，席恩大人。」

結束最後的作業後，雅爾榭拉拿著全身鏡，放在席恩面前。

鏡子裡映著——一名美少女。

或許還可以加上「絕世」兩個字。

美少女身上穿著設計可愛、有大量荷葉邊的洋裝。但以洋裝來說，裙襬長度卻極短，修長白皙的大腿完全暴露在外。

儘管因難為情而紅著一張臉，華麗的服飾依舊點綴著美少女，他一愣一愣地站在鏡中。

「啊啊……太……太美了。實在是太棒了……！真……真是寶貴……！」

雅爾榭拉發出深受感動的聲音，當場跪倒在地。她就像發現自己降生於世的意義，露出恍惚無比的表情。

「我……我可以遇上這麼幸福的事情嗎……？啊啊，就算我在現在這個瞬間死去，我也沒有任何遺憾了……！」

「……嗚嗚。雅爾榭拉，我……我還是覺得這樣很難為情……」

「您完全不需要難為情，席恩大人。您穿起來非常好看喲。」

「這……這怎麼可能啊。我是男的，這種打扮……」

「不，請您看仔細了。真的很適合您。」

經雅爾榭拉這麼說，席恩重新看向鏡子。

過去從未見過的自己，就站在那裡。

的確，可能真的……能算好看。

感覺好像這個姿態才是原本的自己——

「——呃，為什麼會是這樣！」

這時候，席恩總算吐槽。

他在差點打開危險的大門之前，即時止步，並用盡全力吐槽。

雖然已經晚了很多拍。

「什麼……這算什麼啊？為什麼我會穿著這種衣服？」

剛才達成共識之後——

雙方蘊釀出絕佳的氣氛，但雅爾榭拉卻首先返回自己的寢室一趟。

然後她一邊喘著氣，手裡一邊拿著一件女裝回到這間寢室。席恩在任她擺布之下，不知不覺就被換上了這件完美的女裝。

「您怎麼問……您……您不是同意我這麼做嗎？」

「什麼……？」

「您問我是不是在隱忍什麼事，還要我用您發洩慾望不是嗎？所以我才……想說盡情地替您換女裝享樂……」

「……等、等一下。我聽不太懂。」

「呃……什麼？為什麼不懂？席恩大人，您不是發現了嗎？我……買了這件洋裝的事。」

「…………」

他根本不知道。

「這是幾天前的事了。我去城鎮採買的時候，正巧看見這件洋裝……我實在按捺不住，衝動之下就買了。因為我想，這件洋裝一定很適合您……」

話題走向突然變得很詭異。

為什麼她會覺得席恩適合穿女裝？

「我利用半夜一點一滴修改，配合您的尺寸修……但還是覺得很掙扎。我不知道向主人推薦這種衣服……是不是極為失禮……」

看樣子，她還是留有最基本的常識。

「後來我每天晚上獨自悶頭苦惱，整個晚上都睡不著覺……」

「妳一直都因為這種事煩惱嗎……呃，先等一下！所以……妳是說，妳身體不舒服……真的只是因為睡眠不足？」

「是呀。我不就是這麼說的嗎？我只是睡眠不足，沒什麼大礙。」

見對方不解地這麼說，席恩更覺莫名其妙了。

「……等……等等。那禁慾的戒斷症狀是……」

「禁慾？戒斷症狀？」

「不是，我是說……妳……妳們魅魔……就是……不是必須定期跟男人交歡嗎？如果不這麼做，就會產生難以忍受的戒斷症狀……」

「噢……普通的魅魔確實是如此……可是以我的情況來說，卻稍有不同。因為我不是普通的魅魔——是魅魔的女王『大淫婦』。」

雅爾榭拉以有些無法進入狀況的表情開始解釋：

「普通的魅魔有著必須和其他種族的雄性交歡，以便收集能量，獻給『大淫婦』的職責。強烈的性衝動和禁慾產生的戒斷症狀，都是為了強制她們工作的機制。」

不過——雅爾榭拉繼續解釋：

「我是負責接收能量的個體。所以不會像普通魅魔那樣，因為禁慾而產生戒斷症狀。」

「是……是這樣嗎……」

「是的……不過即使如此，那個……說……說來害羞，我的性慾還是比人類或其他魔族的雌性還要強——呃，席恩大人？」

席恩當場全身癱軟。

緊張的情緒中斷後，他的四肢也跟著失去力氣。

（有……有夠無聊。這是什麼無聊的理由啊……？）

雅爾榭拉身體不舒服，只是單純睡眠不足。而且還是為了要不要讓席恩穿女裝這種無聊至極的理由。

根本不是和魅魔這個種族的生態有關的理由。

席恩頓時覺得認真思考，甚至下定諸多決心的自己有夠空虛。

（該死。可惡的莉莉伊拉……全都是那傢伙害的！）

席恩對著被關在地下室的魅魔燃起憤怒之情，雅爾榭拉卻只是不解地看著他。

「那個……席恩大人？您還好嗎？」

「……啊，沒事。我沒事。看樣子是我誤會了。」

「誤會？」

雅爾榭拉露出思索的神情。

慘了——席恩如此想道。

「……我還以為您是發現了我買洋裝的事，看來並非如此。魅魔……禁慾，戒斷症狀……？發洩慾望——啊！」

當雅爾榭拉喊出恍然大悟的聲音，席恩的羞恥心也跟著超越極限。

「難、難道您剛才那些話——是那個意思嗎！」

「～唔！」

席恩直接逃離現場。他急忙褪下衣服亂扔，然後跳上床，抓起被子就把自己從頭到腳蓋起來。

「啊啊！席恩大人！我……我感到非常抱歉！我也真是的，居然讓主人丟這麼大的臉……！」

「……不、不准說丟臉！這、這是誤會……是誤會喔！完全不是妳想的那樣！」

「可是，怎麼這樣……因為我作夢也沒想到席恩大人會主動邀我……啊啊……難得席恩大人有那個意思，我怎麼這麼糟蹋……！啊～～嗚～～席恩大人，請您原諒我！然後那個……請……請您再給我一次機會！」

「……煩死了。我再也不想理妳了。」

「拜、拜託您，再一次就好！您……您想做什麼都行，我也會無微不至服侍您喲！」

「……我不管。我要睡了。」

「怎麼這樣……！席恩大人……！席恩大人啊……！」

雅爾榭拉錯過了千載難逢的好機會，以宛如流著血淚的氣勢，持續苦苦哀求。但席恩已經鬧了彆扭，就這麼窩在被窩當中，直到天明。

隔天——

席恩又拿著餐點去給關在地下室的莉莉伊拉。

他解開結界和拘束，把拿來的麵包給她。

直接丟在地上。

「吃吧。」

「呃，咦咦……？勇……勇者弟弟，你幹麼一大早就發飆啊？」

「閉嘴。都怪妳，我可是……我……！」

「什麼啦……莫名其妙。我要開動了～」

席恩想起昨晚的屈辱，身體因憤怒顫抖著，但莉莉伊拉卻不感興趣，逕自吃起地板上的麵包。

席恩好不容易壓下自己的怒氣，然後大大吐了一口氣。

「我決定把妳交給騎士團。」

「唔呃呃！」

「我不管妳了。不想死的話，就死命去跟騎士團的人求饒吧。」

「……你……你怎麼這樣……」

就算她是魅魔這一高階魔族，只要用席恩的術式綁住手腳，以這個狀態移交騎士團，她就不可能鬧事。

他可沒有——因為昨天的事情遷怒。

而是到頭來，這個決定才是最好的。

席恩並沒有不負責任到放任一個會危害人類的魔族逍遙在外，話雖如此，他也無法貫徹正義貫徹到親手殺死她的地步。

這或許是一個逃避責任的卑鄙選擇，但這對現在的他來說，卻是最好的選擇了。

「你要是帶我去那種地方，我絕對會被宰掉耶。勇者弟弟，拜託你啦。拜託你放我一馬！」

「不行。我不能放任會危害人類的妳在外逍遙。」

「咦……可是你說危害，其實也沒什麼大不了的吧。我只是讓公的人類稍微爽一下而已啊。而且全部都是你情我願啊——」

莉莉伊拉說著。

說著沒有任何深意，卻不能當作沒聽見的話語。

「——我又沒有殺了哪個人。」

「……什麼？」

席恩不禁懷疑自己的耳朵。

「這是什麼意思？妳沒有殺人？妳不是……擄走男人，吸取他們的精氣，然後殺掉了嗎？」

莉莉伊拉承認她和男人交歡，收集他們的精氣。

所以席恩才會將她和維斯提亞的失蹤事件連結在一起，認定她就是讓多數男人死亡的元凶——

「啥？什麼東西啊？我沒殺人啊。我只是跟送上門來的男人做愛而已。」

莉莉伊拉皺眉，以意外的口吻說著。

「是啦……我可能有點榨過頭了，玩到我覺得人類的女人可能已經無法滿足這個男人了——可是我沒有把人整個榨到死啊。和我玩的五個人，都是你情我願耶。」

「五……五個人……？」

雙方的認知差距越來越大了。

看樣子，這件事情並不單純。

席恩從莉莉伊拉口中問出了詳情——
她真的一個人也沒殺。
她與造訪教堂的男人們交歡，儘管是以一個魅魔的方式，吸取他們的精氣，卻讓所有人活著離開了。
不只如此，她還強調一切你情我願。
「因為我是和姦主義啊。我沒有霸王硬上弓的興趣，硬要說的話，我算是誘惑人家來上我的類型。如果對方沒性致，我也覺得不好玩啊。」
不只是人類，不管他和什麼樣的雄性交歡，都不曾霸王硬上弓過，更別說將對方的精氣吸得一滴也不剩。
「因為你想嘛，這種事情還是要雙方都覺得舒服才行吧？如果對方也覺得舒服、覺得幸福，我也會因為開心而得到滿足啊。」
這次和她交歡的五個男人也一樣，雖然被吸取了精氣，腳步搖搖晃晃，最後卻都笑著離開了。

（……當然了，這也有可能都是謊言。）

她極有可能是為了保命，所以才信口開河。

但席恩卻想相信她。

因為——莉莉伊拉都記得。

那五個和她交歡的男人的名字。

此外五個名字中的三個，確實是鎮上十個失蹤人口當中的人。

「什麼？一般不都會想先知道和自己纏綿的男人的名字嗎？」

莉莉伊拉說得理所當然。

（……這該怎麼說呢？）

雖然是個盡情享樂的魅魔，卻會給予找上門的男性一定程度的敬意。明明只是憑著本能，做出極為下流的行為，卻又隱約感覺得到美學。

對她來說，其他種族的雄性或許到頭來只是性愛的對象，但似乎又不只是餌食那麼單純。

「嗯？所以那隻魅魔跟失蹤事件無關嗎？」

席恩搖頭說聲「不知道」，回答菲伊娜的提問。

這裡是宅邸的餐廳——

席恩、菲伊娜、伊布莉絲、凪四個人，正在討論那件失蹤事件。

他們已經放走莉莉伊拉，讓她離開宅邸了。原本他們不該放走會攻擊男人的魅魔，但席恩決定相信她所說的「和姦主義」。

至於雅爾榭拉，則是去替她送行了。

「鎮上失蹤的十個人之中，有幾個人確實跟莉莉伊拉有關。可是她卻說，她沒看過其他男人……」

「少爺怎麼能相信她啊？我看那個叫莉莉伊拉的傢伙，就是犯人吧？」

伊布莉絲慵懶地說道：

「又沒有證據可以證明那傢伙說的是真話。少爺你就是人太好了。」

「主公，您說會不會除了她，還有其他魅魔呢？從被害者只有年輕男人這點來看，屬下認為照理來說，還是和魅魔有關。」

凪也說出她的推測。

席恩以她們二人的想法為基礎，重新仔細考。

然後——

「……我懂了。是逆向思考啊。」

歸納出一個可能性。

「或許有人——故意要讓莉莉伊拉背黑鍋。」

「主公，這是什麼意思？」

「就像凪剛才說的那樣，既然遇害的都是年輕男子，自然就會覺得元凶是魅魔。可能有人就是利用了這種先入為主的觀念。」

席恩繼續道出推測：

「莉莉伊拉說，她來到這附近之後，為了引誘男人上門，就在鄰近的城鎮放出有關自己的風聲。我們可以認為，有人聽到風聲後，利用了她的存在。因為那個人只要對年輕男子下手，大眾就會自行將原因歸咎在魅魔身上了。」

莉莉伊拉出現在鎮上，恐怕只是單純的偶然，而不是別人設計好的結果。

可是卻有人——利用了這種偶然。

只要擄走年輕男子，每個人都會覺得是魅魔搞的鬼。

那個人將一切惡行全推到魅魔身上了——

「換句話說，那個人把魅魔的存在當成掩護——以完成自己的目的。」

「目的……小席大人，那個人的目的會是什麼啊？」

「這還不清楚。更進一步地說，現在甚至還不確定是不是真的有人在打歪主意。這些全都是我的推測而已。」

這番話充其量只是臆測再臆測的推論，毫無根據。

但是如果這個推論一語中的——

「……我有一股不祥的預感。」

把罪狀全賴給魔族的這種卑劣行為，讓席恩隱隱約約窺見一股黏稠的惡意。

那比簡單易懂而且直來直往的魔族還要可怕，陰險，而且惡質，人類無比醜惡的惡意就是如此——

「好久不見了，列維烏斯。」

席恩一邊坐在自己房裡的椅子上，一邊獨自開口。

但他並非自言自語。他正對著戴在左手上的戒指說話。那是席恩將魔石加工後，做出的戒指型通信機。只要雙方擁有某種程度的魔力，就能藉著魔石進行對話。

『呵，這個「好久不見」還真短暫啊，席恩。』

從魔石當中傳出的聲音，帶著些微無奈。

「我也很驚訝。因為我本來短時間都不想和你說話了。」

『哈哈，你也變得很會說話了嘛。』

列維烏斯苦笑著。

前幾天，當他離開宅邸時，席恩把通信機交給他了。

因為席恩認為往後或許會有需要的時刻。但席恩自己也沒想到，竟然這麼快就要聯絡對方。

明明幾個星期前，他們才各自展現出自己的醜惡，並互相殘殺而已。

因此他們雙方並非不覺得尷尬——只是比起這種小事，有更應該優先處理的事。

『我不知道你有什麼事，不過拜託長話短說。以我的立場來說，要是被人發現我跟你聯絡，還是不太妙。』

「放心吧，這個通信機是我特製的機型。這個魔力波長跟市面上賣的東西相比，有根本性的不同，所以不必擔心被竊聽。我還順便加裝阻礙周遭認知的機能。在這個通信機下的對話內容，聽在旁人耳裡，會變成完全無關的談話。」

『哈，神童還是老樣子，有夠神。你的這份體貼，我真是不敢當。』

「哼，這還差得遠呢。我雖然成功小型化了，卻弄得必須大大仰賴使用者的魔力來運作。如果要讓普通人也能用，就要繼續改良——啊啊，算了。進入正題吧。」

席恩將就快岔開的話題導正。

「我想談談維斯提亞鎮上的失蹤事件。」

席恩簡單說明了這幾天發生的事。

鎮上發生的失蹤事件。還有莉莉伊拉的存在。

列維烏斯身為勇者已經聲名大噪，同時在騎士團居於高位，他應該很清楚國內有什麼事件或是犯罪。

為了共享情報，席恩才會聯絡一個令他感到尷尬的對象。

『……原來如此。我也有聽說維斯提亞的失蹤事件。我聽說負責艾爾特地方的騎士團認為這是魅魔搞的鬼，正持續搜查中……』

列維烏斯聽完席恩的話，花了一點時間稍做思考。

『假設你的想法正確，有人在維斯提亞附近惹是生非……那最有嫌疑的人，應該是洛姆卿吧。』

然後說出這句話。

洛姆卿——他是住在西邊艾爾特地方的其中一位邊境伯爵，也是一位擁有廣大土地的領主。他在維斯提亞也很有影響力，有許多商會和旅店都必須仰仗他經營。

『畢竟他從以前開始，就有些不好的謠傳。席恩，如果是你，應該知道「零號研究室」吧？』

「你說『零號研究室』……！」

席恩瞪大了雙眼。

「零號研究室」。

那是在與魔王軍戰爭當時，王室祕密建立的研究機關，不存在於檯面上。

至於隱匿該機關存在的理由——是因為研究內容極為醜惡、可怕。

『我是不太清楚……不過我聽說那裡會洗腦魔族，製作軍團。或是把人類變成魔族之類的。都是一些糟糕透頂的研究。他們利用死刑犯和奴隸，不斷進行令人發笑的非人道實驗。』

魔王軍這個明確的威脅——戰爭這個好用的堂皇名目，會奪走人們身上的倫常枷鎖。只要是為了自保這個大義，人可以、也會變得無盡殘忍。就像他們只為了保全自己的人身安全，就把拯救世界的英雄驅趕至世界的角落那樣。

「……可是『零號研究室』應該隨著戰爭結束解體了啊。」

『其實當時吵得很凶。有很多人不願乖乖解散。最後是騎士團行使武力，強制研究所關閉。』

「…………」

『不過殘黨至今還是在背地裡持續研究，洛姆卿就負責提供研究資金給他們……這個傳言從以前開始就有了。』

「既然你知道這麼多，為什麼還放著不管？」

『傳言終究是傳言。我們沒有明確的證據，也沒辦法治貴族的罪。洛姆卿和王都的貴族們也有很深的牽扯。所以不能隨便動他。』

「這算什麼……？這麼不平等的事情說得通嗎？」

『很遺憾，這就是人類社會。不諳世事的天才小弟。』

聽見這句諷刺，席恩不禁蹙眉。

『我從以前開始就有在調查洛姆卿，可是因為他和上頭關係匪淺，我正愁著無法出手。不過……這樣啊，艾爾特地方有你在嘛。』

列維烏斯以不懷好意的聲調說著。

『你想管的話，隨你喜歡怎麼鬧都行喔，席恩。』

「……你想利用我嗎？」

『沒有啊。我只是相信你。如果是你，一定會處理得很漂亮。』

「哼，話都是你在說。」

席恩夾雜著嘆息說著，同時看向掛在牆壁上的日曆，確認這個月的朔日日期。

接著三天後——朔日。

席恩帶著四名女僕來到維斯提亞鎮上。

席恩受詛咒影響，平常都繭居在家。只有每個月一次的新月之日，魔力會減弱，變得能夠完全控制能量掠奪。

所以朔日帶著一到兩名女僕，出門前往鄰近的城鎮，已經成了每個月的例行公事——但今天不是單純的出遊，他們上街另有目的。

「哇～好棒好棒！房間好寬！床單好鬆軟！景觀也棒呆了！嗚哦，價錢昂貴的旅店就是不一樣！」

「菲伊娜，妳太興奮了喔。」

這裡是維斯提亞——某個位於商圈當中高級旅店的一間房間。

席恩他們抵達城鎮後，就找了一間可以五個人過夜的房間。其實他們沒有過夜的意思，只是想要一個可以當成據點的地方。

現在房間裡只有菲伊娜和席恩兩個人。

其他三個人都外出辦事了。

「我們這次不是來玩的。妳可要多少繃緊神經。」

「啊～好啦好啦，是來工作的嘛。我們現在被那個金髮男利用，做著沒有酬勞的白工嘛。」

「……我不覺得是被人利用。這是我靠自己的意思下的決斷。」

說是這麼說，實際上就是受人利用，只是承認也讓人不是滋味罷了。

坐在床上的菲伊娜輕輕聳了聳肩。

「小席大人，你人真的很好耶。明明就被人類狠狠背叛了，卻還一直當正義使者。」

「呵，我才不是為了那麼高尚的目的行動。是因為我有很多利用這座城鎮的機會。如果這裡發生莫名的騷動，也會影響我們的生活。所以我要在事前防範可能發生的騷動。只是這樣而已。」

「是是是，就當作是這樣吧。」

菲伊娜以看著不成材的弟弟的眼神，看著說出這番有些假壞心言論的席恩。

接著她輕拍自己坐著的床鋪。

「小席大人，你坐這裡。」

說出這句話。

「為什麼？」

「好啦，別問了。」

「…………」

儘管席恩心裡浮現些微不祥的預感，他還是乖乖坐在床上。

下一秒，如他所料——一股柔軟的觸感襲來。

菲伊娜把整個胸部壓過來，緊緊抱住席恩。她一手確實環繞在背部，另一隻手則是摸著席恩的頭。

「乖乖，小席大人真是個乖孩子。」

「……別、別鬧了！不要把我當成小孩子！」

縱使揮開菲伊娜的手抗議，她也只是嘻嘻笑著。

接著她恣意躺在床上。

把自己的頭放在席恩的大腿上。

「呃，喂……」

「我覺得這樣不錯啊。我很喜歡你的這種個性。」

菲伊娜把頭放在席恩的大腿上，一邊微笑，一邊仰望席恩。看起來就像一隻對著飼主撒嬌的小狗。

「這種個性……是什麼個性啊？」

「嗯……明明很聰明，卻是個笨蛋？」

「這算是在誇我嗎？」

「只要和你在一起，我就覺得……該怎麼說呢……覺得活著很舒適。比過去我待過的任何一個地方都舒適。」

「…………」

「我猜其他三個人也有一樣的想法喔。所以不管你想做什麼，都儘管去做吧。我們會自

己幫你，然後自己獲得滿足。」

「……菲伊娜。」

被叫成笨蛋，席恩本想抱怨一句，但當他看到靠在腿上的人露出那般幸福的笑臉，突然一句話也說不出來了。

就在幾分鐘後——

出去收集情報的雅爾榭拉和凪回到了旅店。

「——一切如您所想，十個失蹤人士的共通點，除了都是年輕男子——也參加了預計今天召開的武鬥大會在事前舉辦的預賽。我們有向大會本部確認過，絕對沒有錯。」

聽了雅爾榭拉的報告，席恩點頭說出：「果然……」

「維斯提亞武鬥大會」。

那是每年都會在鎮上舉辦的賽事，具有一定的規模。

對自己的身手有自信的人們都以優勝獎金為目標，參加這場淘汰賽。比賽允許使用部分魔術，是一場激烈又豪邁的祭典。儘管每年都出現許多傷者，這場賽事在市民之間還是呼聲很高。

而負責舉辦這場武鬥大會的營運委員會的代表——就是在鎮上有權有勢的洛姆卿。

「……因為今年武鬥大會的預賽突然規定參加者有進行血檢的義務。表面目的是為了舉發和阻止禁藥的使用……可是如果這件事牽扯到『零號研究室』，那就另當別論了。」

席恩藏不住臉上不快的表情，繼續往下說：

「不只魅魔會想要健康又年輕的男人——對尋找人體實驗素材的人來說，年輕男子是珍貴的受驗者。」

「可是主公，為什麼只有在預賽落敗的人失蹤呢？如果他們想要的是有著強韌肉體的實驗體，屬下覺得他們應該要對通過預賽的人下手才對啊。」

「……誰知道呢。他們可能用血液做了某種調查，然後只挑符合條件的人下手——或是想留下參加正式比賽的人，好讓今天的武鬥大會成功舉辦……」

席恩輕輕搖頭，自覺就算說了這麼說，也沒有任何用處。

「就算我們現在做這些沒有意義的推論，也於事無補。我看——還是我親自參加比賽，從內部觀察比較快。」

席恩早已拜託伊布莉絲去報名了。

她現在想必已經辦完手續了吧。

「幸好還有當天報名的名額。就算是沒有參加預賽的人，只要今天一路過關斬將，還是可以參加正規賽。」

為了從遠地造訪的人，以及在事前預賽敗陣下來的人，今天在正式比賽開始前，也有一場預賽。

當然了，這場比賽會比常規預賽的難度更高，戰鬥條件也更加嚴格——

（不過我應該沒什麼問題。）

這並不是自滿，席恩是根據客觀事實這麼想。

就算這場賽事以人類來說等級很高——但對席恩來說，被規則綁死的戰鬥等同兒戲。

「不過贏太多晉級也不能幹嘛。如果什麼問題都沒發生，我會看準時機，做做樣子打輸啦。」

「啊……也對。也是有這種情況嘛。就是洛姆卿沒打什麼鬼主意，也沒有『零號研究室』的餘黨，今天也是和平的一天——這種情況。」

菲伊娜有些懶散地說著。

「可是我們這麼用心準備，結果卻什麼事都沒發生的話，很掃興耶。」

「這是什麼話？如果沒事，那就是最好的結果啊。」

席恩說道。

以毫無迷惘的眼神，理所當然般地說道。

儘管他不斷提出推論，預想最糟的情況，將思緒轉到幾乎不必要的程度來擬定對策——但倘若什麼事情都沒發生，那樣也好。

如果今天也是和平的一天，那就沒有比這個更開心的事了。

名為席恩·塔列斯克的少年打從心底這麼希望。

「……啊哈哈。也對，抱歉抱歉。」

菲伊娜一邊輕佻地道歉，一邊露出溫柔的微笑。雅爾榭拉和凪也靜靜地微笑著，同時看著席恩。

「可是主公，您參加武鬥大會這種活動……您的長相豈不是會曝光嗎？」

「嗯……妳這麼說也對。」

雖說勇者的稱號已被剝奪，但自幼便發揮無人能及的才華，恣意展現「神童」之名的結果，使得席恩·塔列斯克之名在王都還算響亮。

一旦參加武鬥大會——隱藏真實身分反而會招致不必要的注目。

「該怎麼辦才好呢……」

「席恩大人，我有一個點子。」

雅爾榭拉開口說道。

她看起來似乎無法壓抑正從體內湧出的興奮之情。

「我早就料想到這種情況——所以把變裝道具帶來了。」

十分鐘後。

「我回來啦。」

伊布莉絲回到旅店的房裡。

「我報名好嘍。我想說用本名不太妙，所以隨便取了個名字。啊……既然我的工作做完了，應該可以小睡一——咦？」

伊布莉絲慵懶地走進房間，一見到席恩的樣子，驚訝地瞪大了雙眼。

她靜默了幾秒，隨後噗嗤笑了出來。

「……噗……啊哈哈哈！你在幹麼啊，少爺？這是什麼打扮？你的癖好終於覺醒了嗎？啊哈哈！」

「不……不准笑！妳……妳誤會了，真的是誤會……這……這才不是我的興趣！是雅爾榭拉她們自作主張弄的！」

席恩滿臉通紅大叫著——他身上正穿著一件小女孩會穿的可愛洋裝。

也就是雅爾榭拉買的那件洋裝。

她們更幫席恩整理了髮型，化上淡妝，做出史上最完美的潤飾——將席恩變成一名完美的美少女。

「可惡……雅爾榭拉，妳為什麼會帶著這件衣服？」

「因為我想說可能會有不時之需。」

「妳到底做了什麼假設啊……？」

「非常適合您喲，席恩大人。天哪，這是什麼樣的奇蹟呀……我以為這是僅限一晚的夢境，原本已經放棄了，沒想到居然還有機會拜見……！」

神智開始恍惚的雅爾榭拉已經無法溝通了。

「嗚哇～天哪，小席大人，好看成這樣反而很好笑耶。總覺得你太可愛了，簡直引人犯罪……！」

菲伊娜似乎也開啟了奇怪的開關。

「……妳、妳們兩個……這樣對待主公，實在太不敬了！替他換上如此可愛的服裝，讓他變得如此嬌媚……那個……唔……嗯。這樣也是……嗯。」

就連平常總是負責出面阻擋的凪，都吞下想說的話，轉為默認。

「呵呵呵，很好看喔，少爺。」

「……妳……妳閉嘴啦。」

席恩淚眼汪汪地瞪著取笑他的伊布莉絲。

「我……我還是不幹了！誰受得了丟這種臉啊！」

「可是席恩大人，您還有其他方法嗎？」

「嗚……」

「我聽說這場賽事邀請了許多從王都來的賓客。難保其中沒有人知曉您的過去……但如果是現在這副模樣，別人發現您真面目的機率連萬分之一也不可能有。」

「是……是這樣嗎……？」

「或許會有人覺得面熟，但我想他一定會馬上捨棄疑慮，認為『那個「勇者」不可能特地扮女裝來參加武鬥大會』。正因為扮女裝沒有意義——我們才要反其道而行。沒錯，換句話說，這是利用心理盲點的策略！」

「……原……原來如此。總覺得……好像有點道理。」

見雅爾榭拉激辯，席恩幾乎快被說服。

雖然還有些無法接受的部分，但——

「唉……好吧。不用說了。反正也沒時間了，我就這樣過去。」

席恩還是吞下眾多掙扎和懊惱，深深吐出一口氣。

「伊布莉絲，報名手續都弄好了吧？」

「好了好了，當然好了。我隨便用『席』這個名字報名了。」

「『席』嗎？我知道了。」

「真是太好了，少爺。雖然是碰巧，卻也算是個女生的名字呢。」

「……真是個高興不起來的巧合。」

席恩厭煩地拋出這句話，看了看牆上的時鐘。

「比賽時間差不多要開始了。我們往第一廣場出發吧。」

正當席恩對女僕們這麼說時——

「哎呀？少爺，不是第一廣場，是第三廣場喔。」

伊布莉絲訂正道。

「什麼？武鬥大會不是每年都在第一廣場舉辦嗎？」

「不是不是，是第三廣場啦。櫃檯是這麼跟我說的，絕對錯不了。應該是改了吧？」

「嗯……？」

儘管抱持著疑問，所有人還是依照伊布莉絲所說，前往第三廣場。

等他們抵達該廣場——席恩隨即嚐到了一份額外的試煉。

維斯提亞——第一廣場。

這個成為武鬥大會會場的廣場——聚集了許多觀眾，正熱鬧喧騰著。

廣場中央擺著一個圓形的舞台，觀眾席則是圍著舞台周邊設置。

現在上台的人，是一名穿著亮眼服飾，體格魁梧的中年男性——他正是武鬥大會的主辦人，洛姆卿。

「——呃，那麼接下來，光榮的第二十三屆維斯提亞武鬥大會即將開始。各位，努力爭取榮耀吧！」

主辦人致詞結束，會場一口氣沸騰。

為了爭取當日參賽名額的預賽緊接著展開。

體格強健的男人們在司儀一聲令下，一一站上舞台。

總共有二十四個人。

這些人要爭奪唯一一個當日參賽的名額。

當日預賽的規則每年都會改變——今年的規則很單純，就是「所有人一起上台，把參賽者打下場的混戰。最後留在舞台上的人就獲勝」。

對自己的身手有自信的人們各個站在舞台上，一面目露凶光地威嚇對手，一面等待戰鬥開始的信號響起。

最後——司儀發出開打的信號。

豪爽的混戰就這麼在台上展開，會場隨即包覆在狂熱的漩渦當中。

另一方面——

正當第一廣場的武鬥大會如火如荼展開時。

在稍微有點距離的第三廣場上，也有一個武鬥大會正要展開。

「——各位小朋友，『維斯提亞武鬥大會孩童組』現在即將開始嘍。大家要乖乖遵守規則，相親相愛地戰鬥喲！」

「好～」

舞台上的小孩子精神飽滿地回應司儀姊姊的話。

相較於第一廣場的正規戰鬥會場，這裡卻是簡易的小舞台——上頭站著二十名左右的孩子。

所有人都是十歲上下的小孩子。

男女比例是八比二，少年壓倒性地多。

坐在設置於周邊觀眾席上的人，推測大多都是那些參加比賽的孩子們的監護人。有人祈求自己的孩子有活躍的表現，展開熱烈的聲援。也有人一手拿著便當，輕鬆給予聲援。

「維斯提亞武鬥大會孩童組」。

這是大約三年前開始舉辦，針對十二歲以下孩童的組別。

孩童組和沒有年齡限制的正規戰不同，擁有「全面禁止使用魔術」、「禁止攻擊臉部和要害」、「摔落舞台隨即敗北」等各種基於安全考量的限制。

而且優勝獎金非常微薄，與其說是武鬥大會，反倒比較像專為孩子們設計的慶典。

「…………」

「武鬥大會孩童組」就在這一片和諧的氣氛下展開。

在所有神采奕奕的孩子們中——只有一名少女臉上掛著絕望的表情。

他是個打扮奢華的亮眼少女。

大會登錄名稱是「席」。

他的真實真分——是為了掩飾真實身分而男扮女裝的席恩・塔列斯克。

（……我到底在這種地方幹麼啊？）

席恩睜著彷彿死透的眼神，仰望天空。

根據伊布莉絲所說，她在報名時有這麼一段對話。

「不好意思，這裡可以報名參加今天的武鬥大會嗎？」

「可以啊。」

「那我要報名一個人。就那個……當天也可以參加的項目。」

「沒問題。這位大姊，是妳要參加嗎？」

「不，不是我，是我家的……啊……該怎麼說呢？」

「大人？小孩？哪邊？」

「小孩，是小孩。大概十歲。」

「了解。那妳填好這張紙，交給那邊的人。好了，下一個——」

「謝了。啊……名字該怎麼辦啊？」

就是這樣。

聽說櫃檯非常混亂，所以報名手續淪為流水作業，處理得不是很細膩，加上伊布莉絲又是那副德性，並未確認好細節。

其結果——

促成席恩以「席」的身分報名到「孩童組」了。

「孩童組」沒有預賽，只要是報名當天參加的人，都能出場比賽。因此席恩才剛到會場，就在轉瞬間被請上舞台了。

其中覺得可疑的人——一個也沒有。

觀眾席只傳來「那孩子好可愛」，或是「那種美少女要戰鬥，不會有事吧？」之類的聲音。

（……是我笨，不該拜託伊布莉絲。）

席恩站在舞台側邊——也就是選手休息的地方，一個人絕望地遙望遠方。

他連生氣的力氣都沒了。

他只覺得……幹勁已被連根奪走。

（做這麼難為情的打扮，參加小孩子的比賽……我到底是在幹麼啊？）

其實追根究柢，以席恩的年齡來說，就算參加「孩童組」，也沒什麼好奇怪的。

但他——是年僅十歲就打敗魔王的神童。

這樣的他，和普通孩子一起參加專為孩子設計的比賽，只能說是一種恥辱。

（……乾脆回家算了。）

儘管席恩幾乎進入半自暴自棄狀態，但時間卻無視他，依舊繼續往前走。

這時第一場比賽正好在舞台上展開——

『——哎呀，從第一場比賽開始，就有狀況發生！普雷弟弟居然在上台前哭了！果然覺得打打殺殺的很可怕嗎……哎呀，媽媽出現了！沒關係沒關係，害怕戰鬥很正常！這位媽媽，請妳今天好好犒賞討厭鬥爭又溫柔的普雷弟弟吧。事情就是這樣，第一場比賽由雷克斯弟弟不戰而勝！』

看樣子，第一場比賽在開始之前就結束了。

這種突發狀況在「孩童組」的比賽上司空見慣，沒有人會投訴。觀眾席徜徉在一股和平的氣氛當中。

『接下來我們重振心情，開始第二場比賽。呃……小席妹妹和查爾斯弟弟，請兩位上台！』

席恩遵照司儀姊姊的吩咐，踩著死人般的腳步，走上舞台。

有一瞬間——

（如果我現在開始哭鬧，是不是也可以不用打了？）

他的腦海裡浮現這個想法，但他僅存的自尊卻不允許他這麼做。

「哦，接下來是女孩子啊？加油啊，小妹妹！」

「哇啊，那個女生好可愛喔！」

「她那麼可愛，有辦法戰鬥嗎？」

「席呃——咳咳！小席，請加油喲！」

「主公——咳咳！祝您武運亨通！小席大小姐！」

觀眾席傳出給席恩的溫暖聲援。

不用說，最後兩道聲音是雅爾榭拉和凪。她們坐在最前排的觀眾席上，流露著守候弟弟活躍表現的姊姊的眼神。

（……是要叫我加什麼油啊？）

席恩在內心吐槽。

順帶一提，菲伊娜和伊布莉絲去偵查正規賽事了。

（我也得早點輸掉比賽，去跟她們會合。否則的話……真的會搞不懂我到底來這裡做什麼。）

席恩好不容易重新振作起來了，但——

「嘖，我的對手是女人啊？幹勁都沒了。」

擔任對手的少年——查爾斯一開口就滿嘴尖刺。

他是個有著金色短髮的少年。

他的身高比席恩還高，穿著有些華麗的衣服。一看就知道他的成長環境不錯，但眼神卻不太好，嘴角甚至揚起對席恩的輕蔑。

「就算對手是女人，我也不會放水喔。在妳嚇到尿褲子之前，我勸妳早點認輸吧。」

「…………」

席恩一句話也沒說。更興不起將他視為對手的心情。

這時候觀眾席傳出某些聲音。

「對手是查爾斯啊？那個小妹妹真可憐。」

「畢竟人家是去年『孩童組』的冠軍嘛。」

「雖然個性不太好，說到實力，在同年代的孩子裡卻是數一數二。」

「我記得他已經確定會去就讀王立魔術學院了吧？不賴嘛。」

「不，難說喔。有人說他是走後門入學的。聽說他的母親在背後做了很多安排。」

「查爾斯！學院的老師也來觀戰了，要是你表現得太窩囊，媽媽可饒不了你！不管對手是誰，你都不能大意，要碾壓所有人喲！」

看樣子查爾斯意外地出名。

在孩童組當中，實力似乎很強。

「哼，真是夠了。媽媽就是愛操心。對上這種沒名氣的女人，本大爺怎麼可能會輸？」

查爾斯對疑似母親的聲音釋出反應後，伸手指著席恩。

「我敢說，我一分鐘就能把妳打趴。」

「…………」

「不然這樣好了，如果妳撐過一分鐘，要算妳贏也行。到時候我會主動投降。但這種事根本不可能發生就是了。哈哈哈！」

「…………」

面對查爾斯的嘲笑，席恩還是默不吭聲。他依舊面無表情，自始至終都不說話。無論對方如何挑釁，他的心就是不曾動搖。

（唉，好想回家。）

「……哈，嚇到說不出話來了啊。」

看席恩沒反應，似乎讓查爾斯覺得無趣。正當他又要繼續挑釁時——

『好了好了，到此為止。』

司儀姊姊習以為常地跳出來緩頰。

『那你們雙方都站好位置嘍。要遵守規則，堂堂正正戰鬥喔。預備，開始！』

比賽開始的信號落下的同時——查爾斯也跟著往前衝。

他才剛做出一分鐘就要打敗人家的宣言，想必是不得不迅速行事吧。

席恩則是呆站在原地不動。他原本就沒有獲勝的打算。只要隨便讓對方打幾拳，然後站不穩，摔到場外就行了。

席恩如此盤算，同時默默看著往自己逼近的拳頭——

（——不，不行！）

但當拳頭就快擊中腹部時，席恩卻大大後退避開。之後即使對方連續出拳，他還是在千鈞一髮之際全部躲過。

「哈，妳比我想的還有兩下子嘛。我就稍微承認妳的本事吧。雖然我也才使出八成……不對，應該是五成力量而已。」

「……………」

「妳額頭都冒汗了，很拚嘛。妳這樣可跟不上使出全力的我喔！」

（……是啊，我當然要拚。）

席恩在心裡抱怨似地喊道：

（因為要是打到我……你可能會受傷啊！）

席恩鍛鍊精實的肉體——已經擁有高度的防禦力。由於流通體內的魔力已非常人所及，不管他再怎麼放鬆身體，肉體強度還是會維持在一定的等級。

要是這個沒有實戰經驗的孩子打到這樣的席恩——簡直就像凡人赤手揍鐵板一樣。肯定會受傷。所以席恩只能持續閃躲他的攻擊。

（要在一瞬間解放魔力，讓他昏倒嗎？不行，我不能贏。就算要我掉出場外敗北，他也得精明一點，把我逼到擂台邊才行……可惡。實在是有夠麻煩。跟魔族戰鬥還比較輕鬆。）

面對普通小孩子這種有史以來最弱的對手，席恩陷入意料之外的苦戰。

不過即使腦袋想著這些有的沒的，他的動作卻不見一絲紊亂，以完全不拖泥帶水的完美動作，一一避開就一個小孩子來說，已經算很洗鍊的查爾斯的猛攻。

此時觀眾席也逐漸發覺席恩華麗的動作了。

「喂……喂，那個女孩子……未免也太厲害了吧？」

「對啊，她從剛才開始，都沒被攻擊到。對手可是那個查爾斯耶。」

「好漂亮……就像在跳舞一樣。」

席恩只靠下意識的反射動作閃躲的姿態，在普通人看來，就像高手使用的招式。

當觀眾逐漸以崇拜的眼神看著席恩，查爾斯的臉色卻越來越焦慮。

「唔……為、為什麼啊！開什麼玩笑……為什麼……我面對這種女人會……可惡……可惡啊啊啊！」

無法擊中對手的焦慮，被一個大概比自己小的女孩子玩弄於股掌的焦慮，此外大概還有自己在賽前揚言的「一分鐘」已經步步逼近的焦慮，使查爾斯的攻擊漸漸單調而且粗糙——

「啊——噗！」

他大動作揮拳，結果在落空的瞬間，自己重心不穩，跌倒在地。他整張臉用力地撞在擂台上。巧的是，現在正好到了他宣告的一分鐘。

「啊，你……你還好嗎？」

席恩慌慌張張伸手要扶他——但觀眾席卻有人立刻失笑。

「噗……啊哈哈！」

「喂……笑他就太可憐了啦。噗嗤……」

「摔得真用力啊。」

「比賽開始前明明那麼囂張。」

「喂喂，你振作一點啊，天才少年。」

「一分鐘已經過了吧？」

「你、你在做什麼呀，查爾斯！你這樣還算是我的孩子嗎！我不是說今天有學院的老師來看你嗎！」

「……唔！嗚……嗚嗚……」

觀眾的恥笑，母親的斥責，來自對手的憐憫——

這些已經足夠摧毀一個稚嫩少年的自尊心了。

只見查爾斯的臉龐堆滿了極致的屈辱，以及奔騰的憤怒——

「嗚嗚……嗚……可惡……可惡……可惡啊啊啊啊啊！」

他發出激昂吼叫的同時——一股魔力也跟著從體內流竄出來。

魔法陣以他的右手為中心展開，魔術即將發動。

一團激烈燃燒的火焰包覆著查爾斯的右手。

『這、這可不行！「孩童組」禁止使用魔術！查爾斯弟弟因為違反規則，淘——嗚哇，好燙！』

司儀姊姊被擴散的火焰逼退，逃也似地跳下擂台。

見查爾斯不顧規則，發動魔術，觀眾席紛紛傳出激烈的騷亂。

「那……那個小鬼在幹麼啊！」

「他竟敢在眾目睽睽之下犯規，他想幹什麼？」

「不過……真沒想到他年紀那麼小，就能操縱這麼厲害的炎魔術。」

「就算個性再爛，也還是個天才少年嗎？」

儘管底下傳出的話語大多都是責難和厭棄，卻也有少數的讚嘆。

查爾斯受到眾人用敬畏的眼神看著，得意地咧嘴笑道：

「呵……呀哈哈！怎樣？這就是我的實力！」

他一邊操縱著特大號的炎魔術，一邊傲慢地大叫。

「不過是稍微會點武術，少得意了，臭女人！如果這是實戰，打從一開始就是我碾壓妳的份！聽懂沒！」

看來他的目的——只是單純想誇耀實力。

為了雪恥，為了取回受挫的自尊心，即使明白這樣犯規，他還是秀出高難度的魔術。一切都是為了讓大眾看清「沒了規則，查爾斯就比較強」。

他的目的是示威，不是攻擊。因此那團猛烈燃燒的火焰並未攻擊席恩。

然而——

「呵呵，唉……我果然不該來參加這種窮酸的比賽。一旦禁止使用魔術，就只是一場小鬼的玩樂嘛。規則對我這個天才來說，實在太綁手綁腳了——唔！」

異變很快就造訪了。

他的嘲笑突然一百八十度轉變，稚嫩的臉龐因痛苦而扭曲。

他頭上那團火球的形狀產生扭曲，火焰狂暴地往四周爆散。甚至襲向身為術者的查爾斯。

「唔……這是……怎樣……呀啊啊！燙……好燙啊啊！」

失控的魔術——開始暴走了。

膨脹的火球不斷肆虐，就在即將吞噬觀眾和術者的前一刻——

「——蠢材。」

席恩不知何時縮短了雙方距離，他抓住查爾斯的右手，就這麼往上扭。

下一秒——在右手前展開的魔法陣消失，開始肥大化的火球也跟著消失無蹤。

「魔法陣的構成式過於馬虎，魔力的淬煉也太過幼稚。誰教你硬是發動自己根本不會用的魔術，才會這樣失控。」

席恩冷冷地說著，聲音中蘊含著寂靜的怒火。

「要不是我連魔法陣一起消除——現在你的右手早就沒了。」

「唔……唔嗚嗚……妳……妳……到……到底做了什麼？」

「沒做什麼大不了的事。只是從外部介入你的魔法陣，再從內部改寫構成式，強制解除術式罷了。」

「……不……不可能！已經發動的魔術，別人怎麼可能有辦法再介入！這種事根本……」

「辦得到。只要具有壓倒性的力量差距，就可以。」

魔術是由魔法陣隔絕世界，在封閉的狀態下才能發動。

因此只要魔法陣完成，就會完全與外界隔離，他人不可能由內部進行干涉——不過如果術者還不成熟，經常會讓魔法陣產生「空隙」。

只要對手從「空隙」入侵，從內部改寫魔法陣，確實可能改變魔術，打消魔術的發動。

但那也只是理論上可行，實際上你必須完美地理解對方發動的魔術是如何組成，還要正確解讀對方的思考甚至習慣，簡直就是一種神蹟——

不過對於被人稱頌為「神童」的前任勇者來說，這點小事完全難不倒他。

「查爾斯，你確實有才華。」

席恩扭著對方的手，這麼說道。

以一雙確實醞釀著怒氣的眼眸說道。

「你有武術的天分，魔術的才能也很出色。雖說結果失控了，以你這個年紀來說，可以發動那種高階魔術的人，應該沒幾個吧。你身上確實有與生俱來的才華。所以——我才會打從心底感到如此憤怒。」

席恩的言語帶著激情，同時多使了點力在他的右手上。查爾斯隨即發出悶哼。

「明明有與生俱來的才華，為什麼要把它用在無聊的面子上？讓魔術在這種地方失控……你差一點就讓自己，甚至讓別人受到無可挽回的傷了。」

「……唔！」

「你給我冷靜下來，好好思考自己的力量是為何存在……也思考一下你想為了什麼事，使用自己的力量。」

「……嗚……嗚……嗚嗚嗚……」

席恩一鬆開查爾斯的手，查爾斯便跪倒在地，開始放聲大哭。不知道是前任勇者認真生氣的威壓嚇到他了？還是深深體會到自己太膚淺，因而覺得丟臉呢？

這時候逃離擂台的司儀姊姊回來了。

「呃，這個……雖然我搞不太懂，總之由於查爾斯弟弟失去資格，小席妹妹獲勝！」

「…………」

聽見姊姊盡忠職守的宣言，席恩不禁仰頭。

（搞砸了……）

明明不想贏，也不想引人注目——但不知道是什麼東西在哪裡出了差錯，他贏得非常引人注目。

這或許該說「如他所料」吧。

席恩回到待機處後，一堆人便圍了上來。

為了避免更引人注目，他決定要在旅店待到下一場比賽開始為止。

回旅店的路上——他把前往正規戰會場的伊布莉絲叫回來會合。

儘管兩人並排走在一起，席恩的表情卻非常陰沉。

「……我居然對一個小孩子說教。」

「呃，我說你也是小孩子吧。」

伊布莉絲直接吐槽。

「少爺，你好像弄得很引人注目耶。而且你明明說要輸，結果卻贏了。」

「……不是，才不是。不應該是這樣。還不都是……因為那個叫查爾斯的傢伙，魔術弄到失控，為了救他，我也只能那麼做……」

「我看你乾脆一路贏到底怎樣？這樣你從明天開始，就可以用天才美少女的身分揚名城鎮嘍？」

「別開玩笑了。追根究柢……妳以為是誰害得我落到這種下場？」

「啊哈哈，抱歉。」

伊布莉絲是席恩參加「孩童組」的元凶，卻毫不內疚地開朗笑著。

幾分鐘後，兩人抵達旅店。

「那麼伊布莉絲，正規戰那邊情形如何？」

雙方都走進房間後，席恩才問道。他之所以會叫回伊布莉絲，就是為了聽聽讓她去偵查的正規戰的狀況。

順帶一提，席恩呼叫時使用的東西，就是他自己做的通信魔石。他早在事前就把做成戒指、項鍊等飾品形式的通信機交給她們了。

「大致上沒有問題。現在進行到當日預賽結束，接下來要開始淘汰賽。我們沒有感覺到什麼奇怪的地方。只不過……」

「不過什麼？妳有什麼在意的──呃！」

席恩反問的同時回過頭，然後瞪大了雙眼。

因為映入眼簾的光景──是衣服脫了一半的伊布莉絲。

她褪去穿在身上的上衣，上半身現在只穿著內衣。

覆蓋在褐色乳房上的是成熟的黑色胸罩。布料面積非常少，那巨大的雙峰感覺好像下一秒就會彈出來。

縱使在這種半裸狀態下，伊布莉絲還是處之泰然。而且她甚至開始動手脫下半身的衣物。

她毫不猶豫拉下褲子，露出包覆在內褲之下那對形狀姣好的臀部。她的下半身也穿著成熟的黑色內褲，布料面積非常少──

「什、什……」

「其實有奇怪的人在會場──呃，少爺，你怎麼啦？臉這麼紅。」

「這……這是我要問的！妳……妳為什麼要突然脫衣服啊！」

席恩一邊紅著臉大叫，一邊快速後退。但他已經慢了好幾拍，那副美麗褐色的裸體已經確實烙印在視網膜上了。

「哪有為什麼……我剛才被觀眾的飲料潑到，想說換個衣服啊。」

「就……就算這樣，妳也要說一聲啊！哪有人會突然脫衣服啊！」

「……啊，你害羞了？」

伊布莉絲苦笑說道。

「真是的……都事到如今了，請你不要看到我的內衣還覺得不好意思啦。我們穿內衣的樣子，你已經看過好幾次了吧？你也差不多該習慣了吧？」

「……妳、妳少囉嗦！」

「不然你要再多看一點嗎？為了聊表我報錯組別的歉意，我可以擺姿勢給你看喲？」

「不必！別說了，快給我穿上衣服！」

「是是是，知道了啦。」

伊布莉絲沒好氣地應答後，繼續更衣。當她說了一聲「換好了」，席恩這才緩慢地、慎重地轉頭。看樣子是怕伊布莉絲根本還沒換完，只是想逗他。但幸好對方正常結束更衣了。

「呵呵，少爺，你真的很可愛耶。」

「……不要說我可愛。咳咳！好了……正規戰那裡到底怎樣？」

席恩清了清喉嚨，快速進入話題。

「啊～好好好。其實啊，好像有奇怪的人在會場裡啦。」

「奇怪的人？」

「有兩三個穿白衣的人進出大會本部，我們問過旁邊的人，他們好像是在預賽時負責檢查血液的人……然後菲伊娜說——那幫人有奇怪的味道。」

「…………」

「他們身上有普通醫生絕對不會用的糟糕藥物的氣味……她還說，他們身上沾有一點點魔族的味道。」

「……既然菲伊娜這麼說，那一定錯不了。」

身為人狼，她的嗅覺和探查能力不是人類可以相提並論的。

若論看破隱藏真面目的魔族的能力，她比席恩還有一套。

「沾染到魔族的味道，代表他們平時就與魔族或其屍體有所接觸。看來他們的確不是正派的醫生或研究員。」

「總算有點可疑的徵兆了。」

「是啊。看來真的有事要發生了。『孩童組』的第二回合戰一結束，我也會立刻趕過去。」

「那種東西……你不要乖乖出場，翹頭不就好了？」

「行不通啦。因為我在第一回合戰已經引人注目了。如果我現在不戰而敗，只怕會流出奇怪的八卦。所以我必須在第二回合戰輸得順理成章。」

為了避免奇怪的八卦流出，席恩打算參加第二回合戰，然後看準時機戰敗。讓觀眾以為他剛才只是僥倖獲勝。

但是。

他卻在第二回合戰中——遇上了意料之外的對手。

維斯提亞城鎮的第三廣場。

「武鬥大會孩童組」的氣氛比往年都要熱絡。

公認絕對會獲勝的天才少年——查爾斯在首輪戰落敗，打敗他的人是一名楚楚可憐的謎樣美少女「席」。

因為她的存在，原本只是正規戰附屬品的「孩童組」因而備受關注。為了一見傳聞中的美少女，甚至有人特地從第一廣場趕過來。

「——好了。接下來是第二回合戰。小席妹妹和諾因弟弟，請上台。」

一輪到傳聞中的美少女登場，觀眾席群起激昂。

「哈哈，我們家的少爺很受歡迎嘛。」

伊布莉絲諷刺地笑著，同時穿過觀眾群往前走。

「好了好了，抱歉啦，借我過一下……哦，找到了。」

伊布莉絲發現身在觀眾席的雅爾榭拉和凪，馬上走近兩人身邊。

「嗨，現場氣氛很熱絡嘛。」

伊布莉絲一出聲，雅爾榭拉便以責備的眼神看著她。

「伊布莉絲……妳怎麼在這裡？妳不是負責偵查正規戰嗎？」

「我想說先來看看少爺華麗亮相的舞台再走。」

「受不了，妳又這麼隨便……」

「不要這麼死板嘛。妳們還不是把單調的工作交給我們，自己在這裡享樂。」

「這是猜拳的結果，別抱怨了。」

「沒錯，伊布莉絲。我們只是運用在正當的勝負當中贏來的正當權利。」

「是是是，妳們說的極是。」

伊布莉絲聳肩回應志得意滿的雅爾榭拉和凪。

「好啦，看完這場比賽，我就會回去了。反正一定很快就會結束——嗯？」

伊布莉絲將視線移向擂台，不解地皺起眉頭。

「……妳也發現了嗎？」

「是啊。」

伊布莉絲點頭回應凪的話，同時繼續往下說：

「少爺的樣子……好像不太對勁。」

站在擂台上的席恩——被一股偌大的異樣感包圍著。

他的表情因緊張扭曲，額頭也浮現汗水。他自認已經藏住內心的動搖與不安，殊不知他的感情還是外顯到被對他知之甚詳的女僕們看穿了。

（……怎麼了？）

很奇怪。

有種很奇怪的感覺。

但又搞不清楚到底哪裡奇怪。

（這傢伙——是怎樣？）

席恩以猜疑和畏懼的眼神看著他的對手。

站在眼前的人——是個名叫諾因的少年。

少年有著一頭白髮，以及穩重的面容。

年紀大約十歲左右。他的身高和席恩相差無幾，並沒有特別突出的特徵。

感覺是個隨處可見的普通少年——但席恩卻從這名少年身上感覺到一股強烈的異樣感。

（……不對，這應該不是異樣感……吧？應該說沒有任何異樣感，才是最大的異樣感……）

席恩無法順利將不斷湧現心頭的複雜離奇感情轉化為言語。只有一股無法以言語形容的詭譎感逐漸淹沒他的腦海。

異樣感少到反覺詭異。

過於自然到不自然。

簡直就像感到矛盾本身也是個矛盾。

「——哦。」

這時候白髮少年——諾因開口了。

「有一套。嗯，真的很有一套。當你對我懷有異樣感的那一瞬間起，你就值得誇讚了。」

他的聲音很恬靜，卻又響徹耳朵最深處。彷彿撇開周遭的喧囂，筆直穿進耳裡，是一道不可思議的聲音。

諾因以不像個孩子的沉著微笑，以及流暢的口吻繼續開口：

「其實我本來還想說要不要玩一下呢。畢竟你難得打扮成這麼有趣的模樣站在這種地方嘛。所以我本來想說，稍微打一下，把你逼急，等你腦袋一片混亂，心生『這……這個小孩是怎樣』的念頭後，再進入正題……沒想到你會這麼快就產生異樣感。可惜歸可惜，但你這麼優秀，我也覺得很開心。」

諾因說著。

眼底透露著他似乎已看透一切的訊息。

「看你還保有『神童』的本領，我真是高興啊——席恩．塔列斯克。」

「——呃！」

席恩的背脊發出顫慄。

（他知道我的真實身分……！）

見席恩驚訝得說不出話，諾因乘勝追擊繼續說：

「對了，你不必擔心。沒有人聽得見我們現在這個瞬間的對話。我耍了一點手段，讓我們的對話聽在觀眾耳裡，只是普通的閒聊。當然了，身在觀眾席的『四天女王』也一樣。」

（……他知道雅爾榭拉她們的事嗎？）

一股無法形容的焦躁從胸口湧出。

他知道席恩和「四天女王」的真面目，而且還有辦法干擾高階魔族的認知。

眼前的少年——實在太過詭異。

「……你是什麼人？」

席恩擠出一絲聲音問道。他以滿懷敵意的眼神看著對方，然而那同時也能解釋為緊張與恐懼。

「我是誰啊……呵呵，席恩，你大概不知道我是誰吧。雖然我很清楚你的事，你卻對我——一無所知。」

「…………」

「就算你用那麼恐怖的眼神盯著我，就算你再怎麼觀察這副身體，也是無濟於事。這只是為了配合你才做出來的身體。因為我看你好像要參加小孩子的比賽，才想說陪你玩一下。不過我剛才也說過了，都怪你比我想的還要優秀，我的計畫全泡湯了。」

諾因得意地聳了聳肩。

「總之目前就先叫我諾因吧。」

「…………」

「但我真是嚇了一跳。沒想到你居然有扮女裝的癖好。」

「這、這才不是我的癖好！是有很多不得已的理由啦！」

男扮女裝的席恩慌慌張張地提出抗議。

只見諾因發出竊笑。

「呵呵，對我來說，我的心情也是很複雜啊。最具紀念意義的首次邂逅，居然變成這麼奇妙的場面。這份滑稽實在很空虛，但也讓人憐愛。」

分明游刃有餘，說的話卻極為迂迴，讓人摸不著頭緒。

「好了，差不多該進入正題了。畢竟我們沒什麼時間。」

諾因慢慢對著席恩伸出單手。

「說是這麼說，要跟你對話的人其實不是我。我只是你和『她』之間的橋梁。」

「她……？」

「沒錯，她是一個你也熟識，卻又一無所知的女人。你就好好期待這場久違重逢吧。」

「……你在說什麼——唔！」

這時席恩突然悶哼一聲。

「唔……嗚嗚……唔啊啊……好……好燙……！」

右手很燙。

更正確地說，是刻在右手背上的不祥刻印——突然發出劇烈的熱能。席恩頓時感覺到一股彷彿把手放入業火中燃燒般的劇痛。

「你不必害怕。我無意傷害你。這只是單純的餘興，也是前哨戰。」

諾因冷冷地說著，並持續伸長了手。

席恩感到疼痛突然加劇。他覺得整隻右手已經沒感覺了。

封印右手的黑色手套開始出現裂痕，就像從內側腐朽一樣，逐漸剝落。

刻印顯露在外——接著湧出某種東西。

黑色的液體就像鮮血滴流一樣，從刻印中湧出來。

溢出的液體匯集在腳下，形成一灘深色的湧泉——最後，那東西吞噬了席恩的身體。

「嗚……嗚哇啊啊啊啊啊啊啊……！」

席恩的意識就這麼隨著身體，一併被黑暗吸了進去。

那是一片黑暗。

無盡延伸的黑暗空間。

除了黑暗，任何事物都不存在，是無的領域——

（這裡是……）

席恩一個人呆站在黑暗當中，他努力壓抑著混亂，死命轉動頭腦。首先——他確認了自己的腳下。雖然是個連光都沒有的黑暗空間，看樣子還是有地面。

（……這是某種幻惑系魔術嗎？）

席恩依照過去的經驗進行推測，但——

「——你不必想得太過複雜。」

突然間。

一道女聲從黑暗當中傳出。

「這不太好解釋……該怎麼說？就是什麼都沒有。沒有任何意義，就連空虛都不存在的空間……不知道該說是夢？還是精神世界？總之是個不明又曖昧的空間。」

這道聲音聽起來毫無感情，感覺只是平淡地列出詞彙——

席恩望向傳出聲音的方向，只見有一名女性站在那裡。

明明是在一片漆黑的空間，可是不知為何，只有她的身影能夠清楚辨識。

她是個擁有一頭耀眼金髮，以及冷豔面容的女人。

她身上穿著白銀鎧甲，但鎧甲設計卻總覺有些老舊。身形纖細，卻是一副經過鍛鍊的體態，她的站姿有著久經沙場的強者才有的威風。

她是個擁有勇猛氛圍的女人——可是唯有她的眼睛。

唯有眼睛——毫無生氣。

那雙眼眸彷彿忘卻一切光明，既空虛又冰冷。

那對死人般的眼神就這麼筆直盯著席恩。

「好久不見了，席恩。」

女人淺笑後，開口說道。

但席恩卻無法回應。

即使對方說「好久不見」，他也毫無頭緒。

「噢，對了。你是第一次看到我這副模樣吧。」

女人逕自理出頭緒說著。

「雖說無可奈何，但還真是教人覺得空虛啊。你沒看過我原本的樣貌，甚至不知道我真正的名字吧？你明明殺了我——還奪走我愛的四個女人。」

「……呃！妳……妳難道是——」

席恩在驚愕之中開口：

「——妳是……魔王嗎？」

「正確答案。」

女人——也就是過去的魔王靜靜地點頭。

席恩重新審視她。

審視魔王。

審視他賭上性命殺死的敵人——

（經她這麼一說……長相確實有那個味道。）

如果只論面容，或許隱約覺得相像。

但整體卻完全不同。

過去以魔王身分稱霸的女人，有著尖角和翅膀，膚色就像深海一樣，是深深的藍色。她有著彷彿可以射殺萬物的黑暗雙眸，以及完全不像人類，很有魔王風格的面貌。

相較之下。

現在站在眼前的女人，不管怎麼看，都像是人類女性。

「我再說一次吧──好久不見了，席恩‧塔列斯克。這個樣貌算是初次見面。這副模樣好歹也是我原本的樣貌──在我墮落成魔王之前的樣貌。」

「……這樣啊。」

席恩以驚愕卻又完全接受的嗓音說：

「原來魔王原本是人類啊。」

「哦，你比我想的還要鎮定。」

「……我這樣算很驚訝了。不過……其實我本來就隱約這麼想。魔王有可能本來也是人類──」

不。

若說他有這種想法，那或許是一派胡言。

正確的說法是──他努力不這麼想。

他刻意將這種想法驅逐出腦海。

因為他不願如此思考。

自己必須戰鬥的對象——視為邪惡而必須剷除的對象，原本竟是個人類。

「你真的是一個很聰明的孩子。」

魔王傻眼且佩服地說著。

「那麼不用我特別說明，你也知道我的真實身分了嗎？」

「……是啊。」

席恩嚴肅地點頭，並且開口。

說出那份深藏在心底，連想也不願去想的可能性——

「魔王……妳的真實身分——是殺死上一任魔王的勇者吧？」

席恩握緊刻著刻印的右手，如此說道。

「把很久以前，比妳更早君臨天下的魔王殺死的勇者……這就是被我殺死的魔王的真實身分。」

「正確答案。你真的是……一個聰明到很殘忍的孩子。」

魔王——也就是過去的勇者，一邊輕笑，一邊諷刺地說：

「你的推論沒有錯——我原本是個人類，位居人稱勇者的身分。說是這麼說，卻和你有點不一樣。我不是這個國家的人，勇者這個稱呼也不算國家授予的稱號，只是單純的通稱罷了。」

「…………」

「但我做的事情和你一樣，席恩。我曾和夥伴一起討伐魔族。為了保護人類，我一路戰鬥過來了。我胸懷愛與和平，不斷戰鬥、戰鬥、戰鬥——最後，我終於打倒魔王這個萬惡根源。人世也恢復了和平。」

聽著她以平穩的口吻談論過去的勇者的軼聞，席恩不禁咬緊嘴唇。

因為他已經知道對方接下來會說些什麼，也知道故事結局是什麼了。

「打倒魔王後的遭遇……也和你一樣。斬斷魔王性命的右手烙下刻印，變成和你現在一樣的狀態。成了一個光是存在此處，就會侵蝕周遭生命的極度有害怪物。」

「和我……一樣……」

「諷刺的是，我之後的遭遇也和你沒什麼兩樣。被我拯救的人類們翻臉不認人，反過來迫害我。他們罵我是怪物、異形，從此成了遭人投石驅趕的存在。甚至連共同作戰的夥伴也嫌棄我。他們各個成為英雄，建立起自己的地位，因此抗拒和我這個已經一文不值的人來往。在恢復和平的世界中——在這個我拯救的世界中，完全沒有我的容身之處。」

「…………」

「即使如此，我還是決定忍耐。決定接受事實。既然世界和平，人類也過著安寧的生活，那就是我希望的未來……」

可是──終究沒有辦法。

魔王這麼說道。

她的表情是只有放棄一切的人才會有的空虛與無情。

「我忍了又忍，忍了又忍，最後還是沒能完全忍住──結果詛咒了世界。我變得想毀了所有事物。想要用業火燒毀人世的一切。我想親自用我這雙手──把我拯救的世界，把我取回的和平與安寧全部搗毀。」

「…………」

「再來就是你也知道的事了。不斷湧上心頭的憎惡與憤怒支配了我，我甚至詛咒了世界──後來我從此墮入魔道，身心都成了魔族。我在不知不覺間，被人稱做魔王，成了被人世仇視的萬惡根源。成了那個被我手刃的魔王相同的存在。」

席恩──一句話也說不出口。

一陣劇痛襲向他的胸口。

他竟深深理解對方的感情，理解她的憎惡和怨懟。

被信任的人背叛的痛苦，還有被世界捨棄的孤獨，這一切他都能感同身受。

不管是想毀滅世界的憎惡，還是想將全人類趕盡殺絕的破壞衝動——

（魔王……）

席恩此刻回想起魔王死前的樣子。

當席恩對她痛下殺手的瞬間——她笑了。

開心地笑了。

簡直就像——

在說「你就是下一個」——

「席恩，其實我啊，一點也不恨你。我反而很感謝你。多虧有你，我才能夠迎接終點。因為你成功殺了沒人能殺死的我。」

「……哼。就算被魔王感謝，我也高興不起來。」

面對表露些許安詳神情的魔王，席恩毅然決然拋出這句話。

他正拚命鼓舞忍不住投入過多感情在對方身上的自己。

「妳說了這麼多自己的事，到底有什麼目的？」

「現在的我沒有目的這種高尚的情操。因為現在的我只是類似殘存思念的東西。」

魔王有些自嘲地說著。

「今天也是，叫你來這裡也不是我的希望。這一切——全是他搞的鬼。」

「他……妳是說諾因嗎！妳認識那傢伙嗎？他到底是什麼人？我可以肯定他不是人類，但又和魔族有點不一樣……」

「諾因……？他是這麼跟你自報姓名的嗎？還真是壞心眼啊。真有他的作風。」

魔王逕自理出結論，並嘟囔完後——

「你不用擔心，你總有一天會知道他的真實身分。只要你——走上和我同樣的道路。」

「什麼？妳這是什麼——呃！」

席恩的表情因驚愕而痙攣。

他的身體——逐漸開始透明化。

從手和指尖開始，肉體慢慢消失。

「看來時間到了。今天的閒聊就到此為止。」

「這……這太自私了！我想問妳的問題像山一樣——」

「欸，席恩。」

魔王無視情緒激動，不肯放過她的席恩，逕自說著。她的口吻沒了剛才的平淡，隱約有些親密的感覺。

「『四天女王』……那四個人就拜託你了。」

「什麼……？」

「到頭來，我還是沒能為她們做任何事。」

「……妳開什麼玩笑。事到如今，妳還好意思說出這種話？難道妳忘記自己對她們做過什麼了嗎？妳當時可是想殺了敗給我的她們。」

「是啊。不過……我有什麼辦法？因為在那一瞬間——她們的心已經屬於你了。所以我想與其被你奪走，還不如趁她們還是我的所有物時，把她們通通殺了。」

席恩聽聞這件已經晚了好幾拍的真相，不禁屏息。

原本認定是暴君暴行的那番行動，竟是她以自己的方式，釋出的扭曲愛情——可是……就算如此，席恩也不可能因此認同她的作為。

「……不准把她們當成物品。她們不是東西。而且就算是現在，她們也不是我的東西。」

席恩說道：

「她們是我……重……重要的家人。」

「既然說出來會難為情，乾脆不要說嘛。」

「妳……妳少囉嗦！」

見席恩面紅耳赤地大叫，魔王——不禁笑了。

這是直到剛才為止都像個人偶的她，第一次展現出像感情的東西。

最後——席恩的存在從這個空間消失無蹤。

獨自被留在這裡的魔王，只是盯著眼前延伸的黑暗。

「席恩，我很期待你的表現喲。期待你未來會和她們走上什麼樣的道路。」

這道輕聲祈求，並未傳進任何人耳裡，就這麼被黑暗吞噬，然後消亡。

「——席恩大人！」

席恩突然回過神來。

雅爾榭拉就在眼前，不斷搖著他的肩。

凪和伊布莉絲就在他的身旁。

「席恩大人，您沒事吧？」

「這……這裡是……？」

他慌慌張張地環伺四周。

這裡是——第三廣場。

他就在「武鬥大會孩童組」的擂台上。

但是——四周一個人也沒有。

原本親子檔人滿為患的觀眾席，現在連個鬼影子都沒有。

身在觀眾席的雅爾榭拉等人都來到了擂台上——而且剛才與他對峙的白髮少年也不見蹤影。

「什……麼？發生什麼事了？」

「喂喂，少爺，你真的不要緊吧？你沒聽到剛才那聲大騷動嗎？」

「騷動……？」

席恩似乎完全無法融入狀況，雅爾榭拉於是開口說道：

「人在第一廣場的菲伊娜捎來聯絡了——『零號研究室』開始在那裡作亂了。」

「妳……妳說什麼……！」

「在武鬥大會正規戰開始之前，有個自稱是『零號研究室』的男人出現，揚言要對國家革命。」

「感覺很像那個啊。就是覺得現在的王室爛透了，要他們嚐嚐『零號』的憤怒——類似這種老套的情節。」

伊布莉絲不負責任地補充，雅爾榭拉又繼續往下說：

「男人現身的同時……那些通過預賽的正規戰參賽者——身形就變成魔族了。」

「——呃！」

人類變成魔族。

那是「零號研究室」在戰時進行的研究——

「我想大概是在事前血液檢查的時候，對他們的肉體動了某種手腳。聽菲伊娜說，那些變成魔族的人們，都聽從『零號研究室』的指示行動。」

聽了雅爾榭拉的解釋後，席恩開始思考。

（這裡的觀眾之所以會消失，是因為第一廣場的騷動傳到這裡的關係嗎？）

接著，他看了看廣場的時鐘。

（我和諾因走上擂台是在下午兩點十五分……到現在只過了一分鐘……）

看來他在擂台上和諾因的對話，還有在黑暗空間和魔王的對話，在現實世界當中，都只是一瞬間的事。

當席恩的意識飛越到另一個世界時——現實世界發生「零號研究室」的騷動，傳到這裡之後，觀眾全都一溜煙地避難去了。

「……諾因呢？那傢伙跑哪兒去了？」

「諾因……？您是說和您對戰的那位少年嗎？他……呃……」

「啊……不知道耶。等我們發現的時候，他就不見了。應該是跟其他人一起逃走了吧？」

雅爾榭拉和伊布莉絲都沒能掌握到諾因的動向。這也難怪。畢竟除了席恩之外，他看起來只是個單純的少年。

「主公，現在菲伊娜正在應戰，我們也……」

「……好，我知道了。」

席恩點頭回應凪的話。

儘管要釐清的事情像山一樣多——現在卻沒有時間仔細思考了。

「我們走。」

席恩脫下女裝，變回平時短褲的打扮。

第一廣場此時的情況非常慘澹。

為了武鬥大會準備的擂台和觀眾席已經殘破不堪。

雖然普通人已經完成避難，卻還有幾個人倒在地上。他們都是為了這場大賽而外派到這座城鎮的憲兵，還有常駐城鎮的騎士團員。他們大概是為了保護大眾，在戰鬥後倒下了吧。

在這破滅般的場景中心——聚集著成群的魔物。

數量總共四隻。

身高和手腳數量都和人類相同，但長相卻大相徑庭。他們全身包在甲蟲那般漆黑的外殼之中，頭上長著像觸角一樣的角。他們看起來就像螞蟻巨大化後，用雙腳步行的生物，不斷發出低吟。

站在魔物中心的人，是個穿著白衣的瘦弱男子。他的眼角明顯上揚而且眼睛細長，嘴角勾勒著一抹扭曲的嘲笑。

此刻正與男子對峙的人是——

「菲伊娜！」

席恩一喊出聲，進入戰鬥模式的菲伊娜這才轉過頭。她只將手變化成人狼狀態，身上明顯有著細小的傷痕。

她的表情瞬間浮現安堵，但又馬上充滿了悔恨。

「……小席大人，對不起。我一個人……什麼都做不到。有好幾個敵人逃走了……」

「別道歉。妳做得很好。妳保護了倒在這裡的所有人對吧？」

「小席大人……」

「剩下的就交給我吧。」

席恩走上前，將菲伊娜護在自己身後。

這時候——

「——哎呀哎呀，繼骯髒的獸人，接下來還要應付你這種小孩啊？」

操控螞蟻魔物的男人在嘲笑的同時說著：

「什麼交給你啊……呵呵，啊哈哈哈！想要威風的話，還是在家裡耍比較好喔，小弟弟。」

「……你是『零號研究室』的人嗎？」

「正是。」

見男人不可一世地承認，席恩不禁輕輕嘆了一口氣。

「原來如此……看來『零號』正在策劃恐怖攻擊這件事，是真的了。」

「恐怖攻擊？不不不，有點不同喔。這是革命。同時也是復仇。我們要讓逼死我們的王室瞧瞧我們的研究成果！然後對腐敗的王室，降下制裁的鐵鎚……！」

這名男研究員勾起嘴角的弧線笑著。

那是混雜著狂喜與憤怒的扭曲大笑。

「……你說的什麼研究成果，就是將人類魔族化嗎？」

席恩蹙眉開口後，身後的菲伊娜隨即出聲。

「小席大人……那些人全部都是參加比賽的人喔。正規戰開始的同時，所有參賽者就變成魔物了。總共是十六個人。除了這裡的四隻，其他的全都跟別的研究員一起離開廣場了……」

看樣子正規戰的參賽者，身體果然在事前就遭人動了手腳。

「呵呵，這幫傢伙已經沒有自我了。只會服從我們的命令，是順從而且最強的軍隊——人魔兵。」

男人高聲揚言。

「真是的，武鬥大會還真是什麼樣的人都有。畢竟對自己的身手有自信的人，都會一個接著一個上門。」

對渴求實驗體的組織來說，武鬥大會就是個絕佳的獵場。不只年輕、健康的男性會一個接著一個主動上門，還可以用血檢的名目，深入接觸對象。

再加上——

「維斯提亞武鬥大會」在艾爾特地方是著名的祭典之一。許多鄰近地區的人都會聚集在此，也會有不少從王都來的客人。

一個企圖顛覆國家的組織，為了引發騷動，誇示自己的存在，這裡可說是絕佳的舞台。可以收集實驗體，還可對國家宣戰。

對他們來說，這場大賽是一石二鳥的活動。

（莉莉伊拉的存在對他們而言，也是一份助力吧。）

這幫傢伙是知道有魅魔存在，所以才打算利用她嗎？還是他們之間毫無關係，只是碰巧搭上順風車——儘管尚未釐清的事情還很多，現在卻沒有閒暇一一確認了。

「……你們似乎綁走在預賽落選的人，你們把他們怎麼樣了？」

「噢，他們啊……呵呵。他們是重頭戲。他們和這裡的人不一樣，正在花時間慢慢改造呢。不過即將在這裡死去的你，應該是看不到了。」

男人以滿溢喜悅之情的眼神說完，將手放在蟻男肩上。

「開心點吧，死小鬼。這可是能被我們開發的兵器殺死的榮耀！」

「……他們有辦法恢復原狀嗎？」

席恩說道。

看著蟻型的人魔兵——也就是那些被硬是變成魔物的人類說道。

「你們已經準備好把這些人變回原樣的方法了嗎？」

「……呵呵。我還以為你要說什麼……可惜，已經無計可施了。因為魔族的因子已經深入肉體。就連我們也沒辦法活生生剝下他們身上的魔族因子。」

「……這樣啊。」

席恩靜靜地應道。

他的眼神中沉澱著黯淡的色彩。

「所以——只能殺死他們了嗎？」

「殺死……噗……啊哈哈哈！誰要殺誰啊？真是的，以一個小孩來說，我看你還算聰明，但自視甚高也該有個界限。像你這種臭小鬼，根本不可能殺死我們的兵器！」

男人口沫橫飛地大叫，同時看向菲伊娜。

「那隻骯髒的獸人剛才也很努力了，但面對我們的人魔兵，一樣束手無策！如果像你這種小鬼……能幹出什麼大事，就讓我見識見識啊！」

說完的同時，男人舉起他的手。

四隻人魔兵配合他的動作，進入戰鬥模式。

他們以整齊劃一的動作，朝席恩展開攻擊——

下一秒。

一支疾馳空中的光之箭貫穿了四隻人魔兵的身體。

光之箭俐落地貫穿他們的胸膛，他們就這麼倒地。接著全身痙攣，發出抽搐後，很快就沒有動作了。

秒殺——

除了這兩個字，沒有別的形容詞了。

毫不留情，毫不猶豫，毫不迷惘——

席恩射出的箭，就這麼貫穿他們的胸膛。

「……呃？什……啊？」

「我就訂正你的兩個誤會吧。」

席恩一邊放下為了施展魔術而抬起的手，一邊以壓抑著情感的聲音，對尚未進入狀況的男人說道：

「第一，如果菲伊娜拿出真本事，這種程度的對手，兩秒就能解決。可是菲伊娜顧慮到他們的性命。她猶豫奪走這些被你們利用、完全無罪的人的生命，所以才會陷入苦戰……」

席恩以平穩的語調，眼神卻承載著滾燙的憤怒，冷冷地繼續說：

「第二，菲伊娜不是骯髒的獸人。她善良到會替陌生人的生命著想，是我引以為豪的女僕。」

「小席大人……」

菲伊娜以極為感動的表情看著席恩。

「……不……不可能！不可能不可能不可能啊啊！發……發生什麼事了！我的士兵……我們研究室的最高傑作……怎……怎麼可能被區區一支箭殺死……！」

「嗯……看來又有兩件事必須訂正了。」

席恩夾雜嘆息，對著驚恐的男人說：

「第一，不是一支箭——一隻魔物我用了三支箭。不過看來在你眼裡是一支箭。」

一隻魔族三支箭。

總共十二支。

從建構魔法陣開始到展開術式，然後發射——由於這一連串動作的速度太快，在男人眼裡，看起來就像一隻魔物只中了一支箭。

一隻魔物用三支箭攻擊，是因為打倒魔族必須使用三支箭——理由並非如此，席恩原本就另有目的。

「第二，我並沒有——殺死他們。」

「……你……你說什麼！」

下一秒——

陣陣魔力宛如蒸發似的，從變化為魔族的男人們身上飄出，然後消失。當那些不祥的魔力氣息消失，他們所有人便回到原本人類的樣貌。儘管他們或是嗆咳，或是呼吸紊亂——但所有人確實都活著。

「這……這怎麼可能……！為什麼他們可以變回來……？」

「以前魔王軍也有動過這種歪腦筋的傢伙存在。他改造抓來的人類，將他們變成沒有心的軍隊，是個企圖讓人類自相殘殺的下三濫。」

這沒什麼好奇怪的。

「零號研究室」研究至今的人類魔族化——也就是開發人魔兵，其實在魔王軍中已經是研發成功的技術。

更進一步地說——魔王軍甚至把人類用得更淋漓盡致。

他們留下些許人類原本的人格，量產會一邊求情，一邊戰鬥的人魔兵，然後將那些人送上戰場。

席恩也有與之戰鬥過的經驗。

「救救我」、「不要殺我」、「我好想女兒」、「殺了我吧」……他們是一面以人類時的人格哭喊，一面使用著和魔族同等的力量作戰的軍隊，是一群光是和他們對峙，就會消磨精神的可怕敵人——但席恩在和他們的戰鬥中，找到了應對方法。

「刻在人類身上的魔族因子不只會深入肉體，還會深入生命力……一旦魔族化，就很難活著變回人類。既然如此，事情很簡單——只要殺死一次就行了。」

「什……什麼……！」

「我用第一支箭停止他們心臟的跳動，讓他們進入假死狀態。當生命力即將消失，魔族因子跑出肉體時，再用第二支箭將之完全消滅。然後用第三支箭立刻讓人復甦——這就是將人魔兵強制復原的方法。」

要在活著的狀態消除魔族因子是不可能的事。

既然這樣——只要讓他們死一次就行了。

這就是席恩想出的對抗人魔兵的策略。

他用在每一隻魔物身上的三支箭——都個別嵌入了不同的術式。

停止心臟。消滅魔族因子。蘇生。

他幾乎同時射出這三種嵌入完全不同術式的箭矢——有辦法做到如此絕技的魔術師，放眼全大陸也屈指可數。

「啊～原來如此。殺掉一次就行了啊。」

剛才陷入苦戰的菲伊娜發出恍然大悟和佩服的聲音。

「不……不不……不可能……你……你是什麼人？居然年紀輕輕，就有這等知識和技術——」

「抱歉了，我無意回答你的問題。」

席恩以躁怒的聲音拋出這句話的同時——他的身影突然消失。

下一秒，他就站在白衣男子的面前了。

剛才他將魔力集中在腳下，以爆發性的腳力蹬地。不過落地時卻無聲無息。那是非常安靜，而且精緻的移動。

但對方大概只覺席恩瞬間移動了吧。

「耶？嗚……嗚哇啊啊！」

下一秒——男人空轉了一圈。席恩掃腿破壞他的重心，讓他的身體轉了一圈。席恩接著抓住對方的衣領，然後用力摔在地上。

「嘎……啊……」

「回答我。你們的大本營在哪裡？」

席恩單手壓著被自己制伏的對象，開口問道。

那雙睥睨對方的眼神，沾染著極為冰冷的色彩。

「你們從這座城鎮拐走的十個人類……那些你所謂的『重頭戲』，現在就在那裡吧？」

「……唔！」

「你不回答也行——大不了我切開你的頭蓋骨，直接問你的大腦。」

「噫……」

男人被壓在石板路上，他的臉一瞬間擠滿了恐懼。

他臉色刷白，抖動著雙唇，然後——

「……在……在郊外的建築裡……從維斯提亞的南邊出城，順著涅拉大道往前走，有個廢棄的宅邸，那裡的地下室就是我們的隱匿處……我們抓到的人現在應該都在那裡。」

就這麼輕易地出賣了同夥和據點。

又或者——

這是殺死魔王的勇者釋出的純正殺氣和威壓所造成的呢？

「是嗎？辛苦你了。」

「不……不會……那……那麼是不是可以放過——嘎啊！」

問出情報後，席恩直接對著男人的心臟灌注魔力，硬是奪走他的意識。

「菲伊娜，伊布莉絲，凪。」

席恩回過頭說：

「麻煩妳們三個去對付四散在城裡的研究員和人魔兵。變成人魔兵的參賽者應該還有十二個人。讓他們復原的方法——都會了吧？」

「那當然。小席大人已經清楚示範過了嘛。」

「我是不覺得自己能做得像少爺那麼順手，不過我會努力啦。」

「也請主公不必擔心倒在這裡的人們。屬下會給予適當處置，然後將人移到安全的地方。」

三名女僕彷彿打從一開始就知道席恩會下如此命令，就這麼接下任務。

「麻煩你們盡量早點把魔族因子切除。魔族化的時間越短，留下後遺症的可能性就越低。交給妳們三個了。」

說完，席恩往城鎮的南邊踏出一步。

「雅爾榭拉，妳跟我走——我們去搗毀敵人的大本營。」

「零號研究室」的其中一名成員——羅伯困惑地在街上逃竄。

（發……發生什麼事了……！）

他拚死地跑著，胡亂逃竄。羅伯背後有兩隻人魔兵跟著。如果不給人魔兵指令，他們就會跟著下命令的人。

（不該是這樣……）

「零號研究室」的計畫其實非常單純。

在人群聚集的維斯提亞武鬥大會上散布人魔兵，將城鎮化為阿鼻地獄。藉由掌控一個地方都市，向國家傳遞明確的敵意，以此做為宣戰。

一切都是為了讓世人知道他們的研究成果。

更是為了向拋棄他們的中央政府復仇。

他們與洛姆卿這位鎮上的有權者聯手，確保了資金和設備。而且有他引薦，更是輕鬆潛入了武鬥大會。

在預賽上以醫療班潛入的研究員假裝檢查血液，就這麼將魔族因子注入一部分參賽者體內。

為了在比賽當天派上用場，他們暫時放著通過預賽的十六個人——同時他們還在預賽當中落敗的人當中，選了十個易於改造的人，在比賽之後擄走他們。

那十個人如今——就放在隱匿的研究室當中進行調整。

比賽當天被派遣到維斯提亞的研究員的使命——簡單地說，就是大鬧一場。

破壞街道，襲擊人類，將恐懼深植這個國家的人民心中。

他們要高聲公諸「零號研究室」這個被埋葬在歷史黑暗面中的偉大研究機關的存在。讓世人明白這個研究機構有多優秀——然後總有一天，他們要搗毀這個國家的中樞。

儘管目的雄壯——但今天的計畫本身卻十分簡單。

五名派遣至此的研究員將注入魔族因子的正規戰參賽者魔族化，把他們當成沒有心的軍隊操縱。

人魔兵是「零號」的研究成果，擁有可以和魔界中階魔族匹敵的戰鬥能力。城鎮的憲兵和地方騎士團根本不是對手。

因此一切毋須擔心。

這個計畫簡單、單純，只需單方面對著已經和平成痴的世界揮下鐵鎚——原本應該是這樣。

「……可惡，那群女人是怎樣啊！」

在民眾已經逃出的商圈小路上——

羅伯躲在陰影中，窩囊地叫喚著。

交付到他身上的工作——是率領人魔兵大鬧。

向大眾宣示，以及挑選人質等細項工作，則是交由其他人進行。他只要隨心所欲破壞城鎮，將恐懼植入大眾心裡就行了。

可是。

當羅伯他們這些研究員各自率領人魔兵，開始破壞城鎮的時候……

不知道從哪裡——蹦出了一名灰髮的女人。

那名有著褐色肌膚和灰色頭髮的美女——在一瞬之間，便弄暈了跟羅伯在一起的男性研究員。

接著她間不容髮，出拳打向男性研究員率領的人魔兵的胸口。女人的拳頭似乎注入了魔力——不知道為什麼，人魔兵居然變回原樣了。

羅伯覺得害怕，就這麼拋下同伴，立刻逃走了。他本想帶著人魔兵逃跑，然後向其他同夥求救，但——

他在尋找同夥的過程中看到的是，同夥一一被金髮美女和黑髮美女打倒的光景。

「喂！聽得到嗎！回答我！可惡……雷德和亞斯理也被幹掉了嗎？」

即使以通信機聯絡同夥，也無人應答。

「可惡……現在到底是怎樣啊！不該……不該是這樣啊……」

「──哦，找～到了。」

當一道女聲傳來的瞬間，羅伯的背脊隨之發出一陣顫慄。

剛才秒殺掉同夥的灰髮女人，就站在小路出口。她一邊輕輕嘆出一口氣，一邊往自己的方向走來。

「真是的，讓我費這麼多功夫。」

「……嗚……嗚……嗚哇啊啊！」

羅伯怕得直往後退。一股未曾體驗過的恐懼逐漸支配頭腦──這時候，又有一股更要命的恐懼襲來。

「啊，這不是伊布莉絲嗎？」

「一名研究員，和兩名人魔兵嗎？」

金髮女和黑髮女相繼出現了。

「菲伊娜，凪，妳們讓幾個人魔兵變回來了？」

「我是四個人。」

「三個。」

「原來如此。我也是三個人……所以只要把這裡的兩個人恢復原狀，就算是救回所有人了吧？」

三個女人全盯上羅伯和他身後的人魔兵。

正面承受她們那股難以形容的威壓，羅伯心中的恐懼已經沸騰。

「嗚……嗚……嗚哇啊啊啊！不、不要過來咿咿咿！上……上啊，你們兩個！宰了那三個女人！」

有了主人的命令，兩隻人魔兵開始行動。

無所畏懼的士兵以非人的速度襲向女人們——但卻毫無意義。

金髮女人和黑髮女人以迅雷不及掩耳的速度制伏人魔兵。

一個人用拳頭，一個人用刀柄尾端，準確地刺入心窩。

接下來她們集中魔力——人魔兵就這麼恢復原狀了。

「啊……啊啊……」

此時褐色皮膚的女人往陷入絕望的羅伯身邊走去。他在不知不覺間已經退到牆邊，無路可逃了。

「為……為什麼……為什麼啊！為什麼我要落到這種下場……！」

「哈。去你的鬼下場啦。你們鬧得這麼盛大，應該早就做好會被別人幹掉的覺悟了吧？」

「……才……才不是！我……我們又沒有錯！錯的是這個國家！是那些高高在上的人！

我們的所作所為不是恐怖攻擊！是正當的復仇！」

羅伯情緒激昂地叫著。

「兩年前……我們只是照著上頭的命令做研究而已！不管是非法的研究還是不人道的實驗，全都是被上頭的命令逼著做的啊！為了對抗魔王軍，我們也是拚了命在研究啊……！」

「零號研究室」。

存在本身被國家隱蔽的惡魔研究室。

儘管研究內容全是些不人道的主題——卻是基於為了打倒魔王軍這一堂皇名目下進行的作為，而且推動研究的不是別人，正是中央政府。

研究員們都是遵從國家的命令，為了國家做事——

「我當然……也有覺得快活的部分。可以盡情進行隱忍至今的人體實驗，實在是棒透了——可是！就算這樣，我還是多少有點正義之心啊！為了拯救這個國家，我拚死拚活，把一切都獻給研究了！可是……當魔王一死，這個國家的混帳就把我們當作麻煩，就這麼切割掉了！」

戰爭這個大義名分，會無視所有倫理、人道，只優先注重利益。

但是反過來說。

只要戰爭結束，倫理和人道反而具有價值。

一個不斷進行非法、不人道的研究的祕密機構，雖在戰時有其功用，但只要戰爭一結束，就只會帶來風險。

若是大眾或其他國家得知其存在，不知道會受到多少非難。所以——他們才會在第一時間做出切割。

「呵……哈哈哈！這個國家已經徹底腐敗了！現在帶領這個國家的人，都是一群無法無天的垃圾！我們怎麼可能會允許這種事！所以……我們才想讓那群囂張的廢渣好看！我們沒有錯！我們一點過錯也沒有！」

「……噢，是喔。」

褐色皮膚的女人聽完羅伯的話，嘆著氣說：

「我是沒有對你說教的意思啦。因為我根本沒有立場說別人。硬要說的話——應該是同情吧。我也壓根沒有替這個國家說話的意思。你想毀掉一切的心情，我稍微能懂。」

「……哈……哈哈！對、對吧？就是嘛，不好的全是——」

「可是啊……」

下一秒，灰髮女人動了。

她對著自以為成功奪得敵人同情的羅伯的腹部揮出重重的一拳。那是一記彷彿會貫穿腹部的重擊。

「可是你沒有權利毀壞已經獲得和平的這個世界。」

「……嘎……啊！」

羅伯的意識瞬間遠去。

女人就這麼冷眼看著他全身癱軟倒地。

「我們家的少爺比誰都難熬，但他還是忍下來了。所以哪有你為所欲為的道理？」

維斯提亞的郊外。

在一幢已經廢棄的宅邸地下——有著一個巨大的研究設施。

這裡是洛姆卿替「零號研究室」準備的地方。被人從王都趕出來的研究者們，就在這個地下設施繼續研究。

研究設施的最下層——是前「零號研究室」室長的研究室。

這裡只允許一部分研究員進入，算是另類的隔離空間。為了防止研究成果和實驗材料外流，他們還設下許多道強力的結界。

而席恩——就這麼大剌剌地闖入最下層。

他的右手握著「魔劍梅爾托爾」。

他強行砍破無數個施加了結界的堅固門扉，踏進最下層的研究室。雅爾榭拉就跟在他的背後。

「……怎……怎麼了？發生什麼事了！你們兩個……是怎麼進來的！」

一名身在昏暗室內的男人發出極具混亂的聲音。

他是個白髮的老人。大概已經年過七十。雪白的頭髮恣意生長，包覆在白衣之下的身體就像枯枝一樣纖細。

「果然……現在還是你在統領『零號研究室』嗎？」

席恩一邊收起魔劍，一邊看著老人。

「好久不見了，明格爾博士。」

「……你說好久不見？」

白髮老人──明格爾一臉困惑，同時目不轉睛地看著席恩。最後，他瞪大了眼睛──

「難道你是……席恩．塔列斯克？」

然後發出驚愕的呼聲。

「……您認識他嗎？」

「在王都的時候，有點交情。」

席恩一臉苦澀地回答雅爾榭拉的疑問。

當他以勇者的身分活動時，和「零號研究所」可說是毫無交集。他只知道這個機構的存在，卻從未接觸過其成員。

席恩和身為室長的明格爾接觸——是在他的勇者之名被褫奪的瞬間。

「兩年前，我殺死魔王回到王都之後……就是這個男人負責檢驗我受到的詛咒。」

席恩拋出這席話。雅爾榭拉隨即聽懂了箇中含意，露出悲痛的神情。

席恩殺死魔王，凱旋王都之後，察覺詛咒的存在，就這麼被幽禁在王宮附近的地牢中。

然後等待著他的是——接受詛咒檢驗的每一天。

能量掠奪就不用說了，連不死的性質也做了仔細的調查。

比如測量切斷手臂後再生的時間；切碎全身後，調查會從哪裡開始再生；毆打、砍殺、燒傷、電擊、酸蝕、毒藥、窒息……他們給予席恩各種致命傷，然後檢驗何種攻擊最有效——

雖然只有短短一個星期的時間——卻是連回想起來都讓人毛骨悚然，像地獄一樣的每一天。

雖說是不死之身，卻不是沒有痛覺。明格爾不斷給予席恩各種劇痛和折磨，一臉開心地看著席恩受苦，並持續進行檢驗——

「……呵……呵呵，是啊，那真的是很快樂。」

明格爾扭動滿是皺紋的臉龐笑道：

「你是最棒的實驗材料了，席恩。如果可以，我真想繼續玩弄你的身體……不過要是接觸的太長時間，能量掠奪就會危害到我的生命。」

他以滿是喜悅的眼神看著席恩。

「呵呵，雖然實驗期間很短，從你的肉體取得的數據卻非常有參考價值。多虧有你，我們的研究才能突飛猛進。我們之所以能完成人魔兵，都是你的功勞啊，席恩．塔列斯克。」

「──呃！」

聽見老人口中吐出的言語，席恩不禁屏息。各種情感不斷從內心深處湧出，讓他握緊了拳頭。

「……我原本就有一股不祥的預感了。看來我猜得沒錯。你們的研究之所以成功……是因為我的關係。」

「怎麼會……您沒有任何過錯！錯的是任意惡用數據的『零號研究室』的人們！」

雅爾榭拉拚命維護被自責折磨的席恩。

「……謝謝妳。不過……沒關係。雖說是間接，我牽涉其中的事實還是不會改變。」

但席恩卻以毫不迷惘的口吻，毅然決然如此斷定。

「幸好我有插手這次的騷動。這是──必須由我來做個了斷的問題。」

席恩下定了決心。但另一方面，明格爾卻一邊喃喃自語，一邊做著某種打算。

「是嗎是嗎……我原以為你逃亡到某個國家了，沒想到居然在這附近啊。呵呵呵，這真是個令人開心的失算。」

明格爾說完這句話，高舉雙手，拋出另一句話：

「開心吧，席恩．塔列斯克。我可以——讓你加入我們喔。」

「……什麼？」

席恩不悅地蹙眉。但明格爾卻一臉興奮——說得彷彿這是一件美好的提案。

「你已經看到外面的騷動了嗎？現在我製作的人魔兵正在大鬧維斯提亞。我終於完成讓人類魔族化的研究了。我們接下來要對這個國家降下制裁的鐵鎚。」

「…………」

「我對你的實力和體質有很高的評價。如果是我，一定可以好好運用你那不幸的身體。我們彼此都別再計較過去的事了。從今天開始，我們就是一起討伐這個國家的同志了。」

明格爾口氣溫柔，卻滿溢著熱情——但他看著席恩的眼神，可以清楚看見他的侮蔑和憐憫。

我會好心利用你這種怪物。

很高興吧？感謝我吧。

席恩可以強烈感受到這樣高高在上的同情。

「……我是不知道你誤會什麼了。」

席恩以厭煩的聲音說著。雖然他覺得特地告知也很愚蠢，可是如果對方不懂，他也只好說出口。

「我是來阻止你的，明格爾博士。」

「你說什麼？」

「維斯提亞的騷動應該已經被我的同伴擺平了。我之所以會來這裡——是為了搗毀你們的野心。」

「……不……不可能……為什麼？席恩・塔列斯克，這是為什麼？你為什麼要和我們作對？如果是你——如果是嚐過相同境遇的你，應該會明白吧？」

明格爾以遭到嚴重背叛的表情大叫著：

「你的功勞和地位全被奪走，極盡利用之能後就把你捨棄，就算遇上這些事，你還是要為了這種國家付出嗎！」

「這和國家沒有關係。事到如今，我也無意秉持大義和正義作戰。」

席恩說著：

「只是剛好這個附近是我現在的生活圈。有礙眼的人出現在我經常造訪的城鎮——所以我要消滅他們。就這麼簡單。」

「……哼。原來如此，你終究是個孩子，席恩・塔列斯克。看樣子你無法理解我們崇高的目的。」

談判破裂。

明格爾維持著勝利的笑容，拿起放在桌上的羊皮紙，然後注入魔力。

「呵呵……你剛才說你擺平維斯提亞的騷動是嗎？不過不要以為你制伏了現在大鬧的人魔兵，就能得意了。這個地方……保存著無法和那種量產品相提並論的士兵。我花了很長一段時間，完美地改造從鎮上擄來的十個人，將他們變成無法比擬的最高傑作。我現在就把他們叫過來，把你——」

「你說的那群人——已經變回人類了。」

席恩一派輕鬆地說道。

明格爾原本侃侃而談，這下也瞪大了雙眼。他似乎完全無法理解席恩話中的意思。

「……啥？變、變回人了……？」

「我來到這裡的途中，發現保管庫，所以就先把他們變回原樣了。現在他們所有人已經變回人類的身體，安然無恙地睡著。」

被抓來這個研究設施的人們跟維斯提亞街上的人魔兵不同，肉體被改造得很扎實。

說實話，能不能恢復原狀，原本是一場賭局──

「如果沒有雅爾榭拉的輔助，我大概不可能把他們救回來。妳真的幫了大忙。」

「哪裡。我只是幫了點小忙。這一切都是您的力量……我沒想到您會用那股已經根深柢固的不祥力量──能量掠奪當作治療手法。我只能說，您真的很有一套。」

「只是碰巧矇到而已。今天是朔日，所以我才有辦法使出那種祕技。」

每到朔日──席恩就能壓抑住能量掠奪。

如果換個說法，就代表他做得到平常做不到的細微控制。

因此他才能用能量掠奪──將深植肉體、難以切割的魔族因子完全吸收。

害他被逐出人世的原因，現在卻成了救人的力量，這話說來實在諷刺。

「什……怎……怎麼會……」

儘管明格爾將魔力注入魔法陣──也就是召喚人魔兵至此的術式當中，卻沒有任何反應。這是當然的。因為他們已經變回人類，並抬到地下研究室之外了。

「臭……臭小鬼！你知道自己在幹什麼嗎！你……你……糟蹋了我偉大的研究啊！那十隻人魔兵是我經過好幾次改良，會讓我名留青史的重要成果──」

「……已經夠了吧，明格爾博士？」

席恩打從心底感到厭倦地說道：

「我已經不想再聽到你的聲音了。光聽到聲音，就讓我覺得不爽。如果你對這個國家有不滿，或是有什麼主張，去王都之後就隨你叫。就在王都的……監獄裡。」

「唔……還……還沒完！」

明格爾一臉焦躁地發出大叫，同時從白衣內取出一隻針筒。他毫不猶豫就將裝有紫色液體的針筒——刺入脖子內。

那顏色令人退避三舍的液體，就這麼注入老人體內。

「呵……呵呵……呵哈哈哈……嘎！噢……唔嗚嗚！哈……哈哈哈……！」

他發出大笑與呻吟的二重奏。

老人的肉體——彷彿沸騰般，逐漸膨脹。

肉體不斷冒出泡泡，噴發出的魔力更是包覆著本像枯枝一樣的軀體。最後他全身染黑，覆蓋在一身漆黑的甲殼之下。他的頭部變成酷似螞蟻的形狀，老人的面容已經不見蹤跡。

他的樣貌很像鎮上的人魔兵，不過尺寸卻大上一圈——

而且遠比他們更加凶猛，魔力也更加強悍——

「呵……呵哈哈哈哈！看吧，這就是我的研究成果！我自己就是我的最高傑作！」

明格爾張著與螞蟻十分相像的嘴笑道。

看樣子這位老人也事先改造過自己的身體了。利用針筒注射進體內的液體成了某種催化劑，將他自己魔族化了。

「你感覺得到吧？這股強大的力量！還有強烈的魔力！呵呵呵，席恩．塔列斯克，我敢斷言，你絕對贏不了——變成這副模樣的我！」

明格爾舉起像圓木一樣健壯的手臂說道：

「我比任何人都要清楚你的身體和詛咒。畢竟我把你切開好幾次確認過了！我現在這副肉體，已經完全凌駕你的不死之身了！呵呵……呵哈哈哈哈！去死吧，席恩．塔列斯克！看我把你殺到死透了為止！」

明格爾一邊大叫，一邊握緊拳頭，高高舉起——

下一秒——那隻手突然飛了出去。

一道攻擊確實切開了他的肩頭。

「……呃咦？」

明格爾發出極為愚蠢的嗓音。過了幾秒後，他終於理解自己的手臂消失，因而發出慘叫。

「唔……唔嘎啊啊啊！我……我的手……！」

「……你實在是一個無藥可救的男人，明格爾博士。」

席恩冷漠地開口，他的右手正拿著顯現出體外的「梅爾托爾」。

那是斬擊的空間跳躍。

席恩利用聖劍的特性，切斷了明格爾的手臂。

他的速度可謂神速，對方別說看到他揮劍了，就連聖劍出現的瞬間也看不見。

「嗚……嗚嗚……為……為什麼！我應該已經超越你了！只要是關於你那副身體的事，我比任何人都要清楚……」

「你還不懂嗎？我那個時候——當我的身體被你玩弄的時候，我是多麼拚命壓抑自己的詛咒。」

兩年前檢驗的時候——

席恩以自己的意志，將詛咒壓抑至極限。

因為如果不那麼做——他會立刻吸光明格爾的性命。

為了保護明格爾還有地上的人民，席恩拚了命地持續壓抑能量掠奪和不死的特性。無論受到多麼痛苦的折磨，無論被逼到何種極限狀態，他始終努力律己。

「你以為是最大值的數據，對我來說卻只是最小值。」

「……啊……啊啊……」

席恩緩緩靠近已經說不出話來的明格爾。

「到此結束吧，戰爭的亡靈。」

盯著老人的那雙眼眸已經沒了敵意和怒氣。

只有滿滿的憐憫。

雙方的距離最後終於化為零。

「……嗚……嗚嗚……救……救我——」

「我說過了吧？」

席恩說道：

「我已經不想再聽到你的聲音了。」

他以刻著咒印的右手觸碰對方。

「真呼吸」——

尾聲

維斯提亞的高級住宅區——洛姆宅邸。

有個男人在最上層的辦公室忙碌地來回踱步。他並沒有在辦公，只是一臉險惡地在室內晃來晃去。

他是個身形寬厚的中年男性，髮際線有些後退，身上大量穿戴著一眼就能看出是高檔貨的飾品。

他正是這幢宅邸的主人，也是城鎮的權勢者——德隆・洛姆。

（該死……為什麼？為什麼事情會變成這樣！）

洛姆卿的臉上滿是焦躁。

（結果不該是這樣……我明明只是想利用「零號研究室」那幫人，然後獨占他們的研究成果而已啊……！）

當「零號研究室」主動接觸洛姆卿，要求提供資金以換取研究成果時，他二話不說就答應了。

他知道他們是被國家放逐的集團，即使如此，他還是覺得能利用的東西就該利用。

他本想利用到手的技術，強化私人兵團並送給王室當禮物，然後得到更勝現在的權力和地位。

當研究員們表示他們想利用今年大賽參賽者進行實驗的時候，他也沒有多想就答應了。他憑著主辦者的權力，讓研究員們和主辦單位搭上關係。

然而結果——卻是今天那場大騷動。

對洛姆卿來說，不管是他們用人魔兵攻擊城鎮，還是「零號研究室」揚言要革命，都是一場青天霹靂。

（難道……我只是被那幫人利用了？）

終於理出真相的洛姆卿大為慌張。

（這……這下慘了……我金援恐怖組織，肯定吃不完兜著走！總……總之在風頭過去之前，先逃到國外——）

「——打擾了。」

正當洛姆卿開始計劃逃亡時，有個來訪者入室了。

這位沒有敲門就入內的無禮客人——是這個國家最出名的男人。

「你……你是列維烏斯……！」

「幸會，洛姆卿。」

金髮的美男子——列維烏斯．貝塔．瑟蓋因以柔和的微笑恭敬地打了招呼。

「……是……是啊，能見到你，我很開心，列維烏斯。我本就想，總有一天要和你這位救國英雄打聲招呼。不過……很不巧，我今天有點忙碌……」

「是啊，我想也是。畢竟——你現在正處於必須趕緊溜到國外的狀況嘛。」

列維烏斯以爽朗的笑容、銳利的眼光拋出這句話。

洛姆卿就像被潑了一桶冷水一樣，不禁縮瑟身體。

「你……你在說什……」

「呃，嗯……該怎麼說呢……其實城鎮上的騷動，大部分都已經平息了。」

「……啊？」

「出現在城鎮上的所有魔族……不，應該說原本是人類的人魔兵，已經變回原樣接受治療了。率領他們鬧事的『零號研究室』的研究員們也已經被騎士團逮補。市民受到的危害極其微小。只有幾個人輕傷，沒有人受重傷。」

「…………」

洛姆卿覺得難以置信。

他從比賽會場倉皇逃走之後，時間還沒經過一個小時。

騷動在這麼短的時間內——就平息了？

明明就有十六個戰鬥能力堪比魔界魔族的人魔兵被放到城鎮上了耶？

「列維烏斯……是……是你做的嗎？」

「不不不，才不是我。因為我現在好不容易才剛抵達城鎮呢。況且憑我——根本沒辦法處理得這麼漂亮。」

列維烏斯有些傻眼，卻又帶著自嘲的語氣笑道。

「那麼……是誰？」

「誰知道是誰呢？大概是哪個路過的正義使者吧？」

「…………」

「先不管那個了——洛姆卿，被捕的『零號研究室』的人都招嘍。說他們受到你的金援。」

「——呃！不、不是……不……不是我！跟我沒關係！我壓根不認識那幫傢伙！」

「你裝傻也沒用喔。騎士團也已經控制郊外的地下研究室了。我記得那塊土地的所有權在你的名下吧？我想如果沒有你的許可，應該不可能建造出規模那麼龐大的設施吧？」

「不可能，居然連那個研究室都被發現——啊……不是，嗚唔……嗚嗚……你……你誤會了，我……我什麼都不知情啊……那幫傢伙根本就沒有把他們的企圖告訴我。沒錯！我也是被他們矇騙的被害者啊！」

「有些事情不知道可以撇清關係，但有些事就是不行。詳細情形就請你到王都解釋給大家聽吧。不只這次的事，連你以前瞞得很成功的事也一併招出來吧。」

「……嗚……嗚嗚嗚……」

洛姆卿再也說不出一句話，當場跪倒在地。

隨後幾名騎士團員進入室內，將洛姆卿帶走。

「辛苦您了，列維烏斯大人。」

一名身穿團服的栗色頭髮女性——布羅雅副官靠近列維烏斯，說出慰勞的詞語。

「我什麼都沒做啦。這一切都是席恩的功勞。真是的……我是說過隨他喜歡怎麼鬧都行啦，可是沒想到他會把事情辦得這麼漂亮。果然是個了不起的傢伙。」

「下……下官覺得那名少年的能力確實厲害……但您的功績同樣很大啊。」

布羅雅語帶熱忱地說著：

「您著眼洛姆卿從以前開始就和『零號研究室』有所牽扯，一直獨自調查……今天的破壞行動也是，正因為有您事前吩咐各處士兵和救護部隊待命，事件才能在沒有一名死者的狀況下解決。」

「……唉，我總得努力擠出這麼一點力啊。」

列維烏斯輕輕苦笑，然後透過宅邸的窗戶看著城鎮。

他的眼神還留有一點自嘲，卻是沒有迷惘的清澈眼神。

「因為這是出自於一個太過成材的弟弟的命令啊。我會試著認真當好那小子沒當成的勇者。」

騷動的三天後。

送來宅邸的報紙上，大大報導著在維斯提亞發生事件。

「『由於勇者列維烏斯的活躍，反政府組織的恐怖攻擊一瞬間就被擺平。儘管發生魔族被引進城鎮這種前所未有的大事件，卻沒有出現任何死者。他真可說是一位名副其實的「勇者」。根據市民的目擊情報，有幾個女人將魔族一一打倒，我們可以猜想，她們大概是列維烏斯訓練的部下。』……就是這樣。」

宅邸的某間房間——

雅爾榭拉一邊品嚐紅茶與點心，一邊替看不懂人類文字的菲伊娜和伊布莉絲朗讀報紙上的新聞，隨後她們兩人都表露出明顯的不服。

「……我是有料到會這樣，可是一切功勞還真的全變成那個金髮男的東西了耶，有夠嚇人。」

「而且我們居然變成他的手下了……」

菲伊娜鼓起腮幫子，伊布莉絲則是一臉受夠地說著。

「唉～真是沒意思。出力的人明明就是小席大人和我們耶。那個金髮男明明什麼都沒做～～」

「別鬧彆扭了。」

見菲伊娜不滿地嘟囔，席恩出聲遏止。

「列維烏斯在這次的事件上也有很大的功勞。多虧他私下做了很多前置作業，我才能心無旁騖地戰鬥。」

「是這樣沒錯啦……」

「少爺你還是老樣子，很會做人嘛。」

菲伊娜和伊布莉絲還是有些不滿。

「『自稱是「零號研究室」的恐怖分子們，也就是主謀明格爾還有其他數十名人士，目前全收押在王都第一監獄當中。』」

雅爾榭拉繼續朗讀，此時席恩的表情突然浮現一抹悲痛。

（明格爾博士……）

席恩——並沒有殺死他。

他只是利用能控制自如的能量掠奪，除去明格爾身上的魔族因子。

不殺他的理由……連席恩自己也不明白。

為了繼續當個人，所以他才避免殺人嗎？還是覺得反正對方是個橫豎都會被判死刑的男人，他根本不必特地弄髒自己的手呢？

又或者——那是最後的憐憫。

（……因為只要走錯一步，我可能也會變成他那個樣子。）

對那些翻臉不認人的王族，降下制裁的鐵鎚——若說他沒想過這種事，那是騙人的。

當他被逐出王都，不與他人接觸，獨自一人活著的時候，確實一天到晚想著這種事。

他無可救藥地——想搗毀這個和平的世界。

他的心隨時都可能墜入黑暗當中。

就像被研究慾望和認同渴望纏身的老人一樣。

又或者——

和身為勇者，卻希望破滅的魔王一樣。

（沒有不同……我和他們或許本質上一樣。隨時都有可能越界。）

當席恩察覺蠶食自己內心的黑暗，他的思緒不禁往下沉淪——這個時候……

「……還真是空虛。」

凪忽然輕聲呢喃。

「屬下展開行動並不是為了得到回報……可是當事件一結束，就算只是道聲謝也行，屬下居然希望得到回報。原來沒有一個人理解我們的所作所為，竟是這麼空虛的事。」

「…………」

「就算只有主公的表現也行，屬下真想讓世人知道……」

「……沒關係啦。」

席恩說道：

「我的表現——已經給夠多人看到了。」

「嗯？小席大人，這是什麼意思？」

「難道少爺你在哪個地方大顯身手過了嗎？」

「呃……就是，那個……我的意思是那個……」

面對一臉狐疑提出疑問的菲伊娜和伊布莉絲，席恩吞吞吐吐地——

「我……我的表現……妳們不是都看到了嗎？」

這麼說道。

「只要妳們知道我的表現有多精彩，我就滿足了……」

席恩說完，伸手拿起紅茶。他覺得臉頰一陣燥熱，無法直視女僕們。

女僕們則是在短暫的沉默後——

「是呀！席恩大人的英姿讓我大飽眼福！」

「嗯嗯，小席大人，你超帥的喔！我幫你摸摸頭當作獎勵吧！」

「少爺你又說這麼可愛的話。看我的，看我的！」

「主公，今天屬下會更努力，幫您準備一頓好吃的晚膳！」

四名女僕們各個露出極為幸福的笑容，接著席恩的話說。

「……唔！呃……喂，不要擠我！紅茶會灑出來！」

儘管嘴上惡言相向——席恩依舊感覺得到內心的空洞逐漸被填滿。那股宛如奈落般深邃的空虛，以及不曾消逝的孤獨和憎惡，就像一場謊言，正逐漸消融。

（……沒問題的。我一定不會有問題。）

席恩在心中悄聲唸道。

這不是逞強，他發自內心這麼認為。

（只要和她們在一起，我就不會有問題。）

這次的戰鬥——席恩等人並未獲得好處。

反而是冒牌勇者又得到一個戰果，更加聲名大噪。

儘管席恩和女僕們努力拯救了城鎮，卻沒有任何回報。別說回報了，甚至沒有人知道他們的存在。

這五個人雖然替人們付出，卻毫無回報。但不知道為什麼，他們看起來非常幸福。

後記

我覺得「撒嬌」這個行為，看似簡單，其實意外困難。總覺得是好與不好的一體兩面，又很像功罪兼具的行為。該怎麼說呢……我覺得「撒嬌」這個行為必須建立在「相信對方」這個前提下。如果是這個人，我就能示弱。如果是這個人，就會接納我。如果是這個人，就不會離我而去……正因為我們下意識有這種想法，才能對另一個人「撒嬌」。當然了，撒嬌也不能太過火。話雖如此，一輩子不向他人撒嬌也太空虛了。而且站在對方的立場，一個完全不對自己撒嬌的人，或許也讓人覺得傷心。所以做任何事情都講究恰到好處。

事情就是這樣──我是望公太。

本書是小小的少年主人公和女僕姊姊們的日常故事第二彈。其實這一集和第一集的走向幾乎相同。就是可愛的少年和姊姊們愉快度過每一天。是儘管少年被世界捨棄，依舊幸福過活的故事。我有意往後仍然悠哉寫下他們的日常奇幻戀愛喜劇。幸虧本作的銷售量還算不錯，所以我還可以繼續寫下去。未來也請大家多多關照。

然後緊急插播一則消息。

《神童勇者的女僕都是漂亮大姊姊!?》居然早早就決定要漫畫化了！預計秋天開始在《comic alive》進行連載。我想官方推特等網站將會隨時更新詳細情報。敬請期待！

接下來是謝詞。

T責編大人。這次也受您照顧了。由於行程和次男出生完全撞期，很多事都往後延了，真是非常抱歉。往後我會小心。ぴょん吉大人。感謝您這次也畫出這麼棒的插圖。女僕們各個撩人，席恩也很可愛，真的是棒呆了。另外承蒙您祝賀家裡添丁，我實在不敢當。未來也請您多多指教。最後，本人向購買本書的讀者們致上最大的感謝，

有緣的話，我們第三集再見吧。

望公太

別太愛我，孤狼不想開後宮。2
Omaera, Ohitori sama no Ore no koto
daro.
凪木エコ
Eko Nagiki
插畫／あゆま紗由
Ayuma Sayu
Kadokawa Fantastic Novels

福山陽士
插畫：おりょう
HARUSHI FUKUYAMA PRESENTS ILLUSTRATION BY ORYO
靠神獸們成為世界最強吧
Watashitachi to issyo nara sekai saikyo ikeryaimasuyo?
4
Kadokawa Fantastic Novels

西野
~校內地位最底層的
2
異能世界最強少年~
ぶんころり
插畫 またのんき▼
Nishino
NISHINO — the boy at the bottom of the school caste
and also at the top of the underground
Kadokawa Fantastic Novels

國家圖書館出版品預行編目資料

神童勇者的女僕都是漂亮大姊姊!? / 望公太作；楊采儒譯. -- 初版. -- 臺北市：臺灣角川, 2020.03-

冊；　公分. -- (Kadokawa fantastic novels)

譯自：神童勇者とメイドおねえさん

ISBN 978-957-743-635-1(第1冊：平裝). --ISBN 978-957-743-888-1(第2冊：平裝)

861.57　　109000725

Kadokawa Fantastic Novels

神童勇者的女僕都是漂亮大姊姊!? 2

（原著名：神童勇者とメイドおねえさん 2）

2020年7月15日　初版第1刷發行

作　　者：望公太
插　　畫：ぴょん吉
譯　　者：楊采儒

發 行 人：岩崎剛人
總 編 輯：蔡佩芬
編　　輯：吳欣怡
美術設計：黃永漢
印　　務：李明修（主任）、張加恩（主任）、張凱棋

發 行 所：台灣角川股份有限公司
地　　址：105台北市光復北路11巷44號5樓
電　　話：（02）2747-2433
傳　　真：（02）2747-2558
網　　址：http://www.kadokawa.com.tw
劃撥帳戶：台灣角川股份有限公司
劃撥帳號：19487412
法律顧問：有澤法律事務所
製　　版：巨茂科技印刷有限公司
ISBN：978-957-743-888-1